김연덕

1995년 서울에서 태어났다.

한국예술종합학교 서사창작과를 졸업했으며

2018 〈대산대학문학상〉을 통해 작품 활동을 시작했다.

시집『재와 사랑의 미래』가 있다.

디자인 이지선

KB109255

액체 상태의 사랑

액체 상태의 사랑

김연덕
에세이

민음사

차 례

〔 일러두기 〕

수록된 시는 김연덕 시인의 작품으로 출처는 작품 말미에 표기했습니다.

2022년 2월 1일

.

쓰는 자리와 사랑하는 자리가 다르지 않다고 말하고 싶지만, 사랑은 언제나 시보다 환하거나 어둡다. 사랑은 바쁘고 사랑은 힘이 세고 대사관 책상처럼 머리가 좋다. 사랑은 시보다 단순해 겁이 없고, 가까운 풍경과 기관에 함부로 상처를 낸다. 때때로 사랑은 시를 속이기도 한다.

속고 싶지 않을 때마다 에너지가 두 배 필요했다. 사랑 앞에 떳떳한 것은 시 앞에 떳떳한 것과 큰 관련이 없기 때문이다. 마찬가지로 시 앞에 떳떳한 것과 사랑 앞에 떳떳한 것이 전혀 다른 영역의 문제이기 때문이다. 그런데도 서로 지지 않으려고 하기 때문이다.

감정이 가진 힘이 너무 강해 대부분 시가 졌다. 시는 느렸고 나이에 비해 머리가 나빴다. 그래서 기다렸다. 기다리면 아주 가끔, 시가 사랑이 되고 사랑이 시가 되는 순간이 왔다. 그럴 때면 사랑도 사람 같았다. 현실 같았다. 갑작스러운 정지와 머뭇거림이 아름답게 느껴졌다.

나의 총합과 내 사랑의 총합, 세계의 총합과 시의 총합은 전부 다를 것이다. 시간은 지금도 흐르고 나와 내 시는 끝없이 다른 몸이 되어 가고 있을 것이다. 조금 전을 기억하지 못할 것이다. 총합 같은 건 중요하지 않다. 내가 보는 것과 듣는 것과 만지는 것이 시의 일부가 되고, 시가 보는 것과 듣는 것과 만지는 것이 나의 일부가 된다는 것을 믿는다.

처음 만난 것처럼, 처음 반말한 것처럼, 처음 배신당한 것처럼

나를 두렵게 하고 어리둥절하게 만드는 시가 좋다.

사랑을 이기지 못하는 시가, 나를 다 모르는 시가 너무나 좋다.

쓰는 자리와 사랑하는 자리가 드물게 뒤섞일 수 있음을 알게 해 준 친구들이 있습니다. 넘치도록 많은 곁이 되어 주어서 고맙습니다.

(……)

처음의 마음을 잊지 않고 온 힘을 다해 걷겠습니다.

기회를 주신 세 분의 심사위원께 진심으로 감사드립니다.

나는 2019년, 제도를 통과한 시인이 되었다.

위는 그해 17회 대산대학문학상 시상식에서 읽었던 수상소감이다. 사랑과 사랑의 힘에 대한 이야기가 대부분을 차지해서였는지, 친구들 몇은 내가 소감을 썼을 즈음 어떤 사랑을 했고 어떤 감정이나 빛 속에 있었으며 그 사랑이 충분히 아름다웠는지 궁금해하곤 한다. 그럼 나는 소리 없이 웃으며 이렇게 답한다. 미화할 여지도 없이 엉망이었어, 내가 무지 별로였어.

등단 전후로 가장 기억에 남는 장면은 역시 2018년 11월 6일, 통의동에서의 가을. 시인이 되기 전 마지막으로 통의동 우체국에 가 투고할 원고를 보내던 날. 양쪽 길목의 은행나무가 너무도 환하게 물들던 날이었고, 눈 내린 날과는 다른 차원으로 눈이 부셨고, 숨을 크게 쉬지 않아도 초겨울 공기가 느껴졌다. 그리고 그런 아름다움과는 상관없이 지금까지의 인생에서 가장 압도적인 크기의 슬픔, 수치 곁을 지나던 날이기도 했다.

나는 당시 연애에 실패한 나 자신을 조금도 존중하지 못한

채 난폭하게 술을 마셨고, 다음 날 아침이 되어서야 코뼈와
치아가 부러진 것을 알았다. 당장 얼굴이 문제였으니 팔이나
무릎 살이 심하게 쓸린 것은 눈에 들어오지도 않았다.

　떠난 사람이 남긴 상처를 잊을 정도의 강렬한 부끄러움.
화장하고 꾸미는 것을 좋아하던 나는 화장실 거울도 제대로
쳐다보지 못했고 아침이 와도 불을 켜고 싶지 않았다.
침대에 누워 숨을 쉬면 부러진 앞니 사이로 바람 소리가
들렸다. 사라지고 싶다, 손가락으로 누르면 쑥 들어갈 만큼
무르고 어두운 상처로 가득한 방에서 매일같이 생각했다.
돌이켜 보며 우스운 일일 수 있겠지만, 스물넷의 나는
고작 연애 때문에 나 자신을 이정도로 상하게 했다는
사실을 받아들이기 어려웠다. 거울 속의 나는 광대처럼
우스꽝스러웠고 내 모습임에도 조금 두려웠으므로.
걱정하던 사람들이 전화나 메시지로 어디 다친 거냐고
물어보면 무릎이나 허벅지, 볼에 긁힌 상처 정도만 이야기할
수 있었다. 가까운 친구들에게조차 부러진 치아 이야기는
차마 하지 못했다.

　투고할 원고를 챙겼던 것은 그로부터 일주일도 지나지
않았을 때였다. 우체국에 들르기 전 무릎 상처 때문에 병원에
다녀왔는데, 코뼈 때문에도 그렇고 혼자서는 갈 상황이

아니라 엄마가 함께 가 주었다. 엄마는 별다른 말 없이 앞장 서 우체국 마크가 양옆으로 그려진 유리문을 밀었다. 동행해 준 고마움이나 미안함과는 별개로 마음 속에서 무언가 덜그럭거렸다. 투고는 늘 나만의 작은 의식과도 같아 새벽 산책 나가듯, 첫 공기를 마시듯 혼자 오곤 했기 때문에. 가장 깨끗하게 비어 있는 상태이고 싶었기 때문에.

도로에 면한 창밖으로 흐드러진 은행나무를 바라보다 거대한 빛의 눈부심에 눈살을 조금 찌푸리다가, 앞니에 메워진 도자기를 혀끝으로 툭 건드려 보던 것이 생각난다. 우체국에 오면 새삼스레 일던 옅은 기대도 긴장도 없었다. 부축해 주는 엄마 곁에서 나는 우편봉투 옆에 우후죽순 꽂혀 있던 네임펜을 열었다. 아무 감정도 없이 '대산대학문학상 투고작: 시' 라고 적었다. 투고를 마치고 돌아와 썼던 일기의 일부를 여기 옮겨 둔다.

학교에 가지 않고 시를 쓴다.

두 달만에 이상한 시를 쓰고 있다. 쓰지 않으면 죽는다.

각오가 아니라 과장이 아니라 쓰지 않으면 정말 죽는다. 마지막 시라고 살려 달라는 마음으로 쓴다.

병원 갔다 돌아오는 길목에 은행나무가 너무 환한데 죽고
싶다는 생각만 들었다.

수치스러운 사실들을 차례로 적을 수도 있겠지만, 분명한
건, 사람은 느낌이 아닌 차가운 사실들 때문에 죽고 싶어진다는
것이다. 차갑고 우스꽝스러운 사실들 때문에. 이렇게 적으면
또 느낌으로 보이지만 나는 지금 무섭고 확실한 사실들에
둘러싸여 있다. 한 문장만 적으면, 한 마디만 하면 다들 그래서
죽고 싶었군 이해하겠지만 그것이 무엇인지는 차마 적지
못하겠다.

에밀리 디킨슨은 집 안에 틀어박혀서 뭔가 썼다고 했다.
마르그리트 뒤라스와 나는 생일이 같다. 조성호는 내가
생각하는 것보다 내가 강한 사람이라고 했다. 말도 안 되지만
나에게 남아 있는 아직 빛바래지 않은 사실들을 부적처럼 쥐고
말도 안되게 쓴다. 내 고집대로, 죽지 않으려고. 죽고 싶지 않다.
정말 살고 싶다.

이때 써 내려갔던 시가 정확히 두 번째 「재와 사랑의
미래」이고, 이 시는 2년 뒤 시집에 묶인 연작들의 시작점이
된다. 첫 「재와 사랑의 미래」를 썼을 때까지만 하더라도 나는

이 시가 단독 시로 충분하다 여겼고, 시리즈의 첫 시로 묶일
수 있으리라는 것은 짐작조차 하지 못했기 때문에. 나머지
연작들이 1년 사이 모두 완성되었다는 사실을 떠올리면,
첫 연작과 두 번째 연작 사이의 공백이 2년이나 된다는
점도 지금에야 의미심장하게 느껴진다. 눈부시게 환한
가을 엉망진창 부서진 얼굴로 침대에만 누워 있던 시간이
없었다면, 시집『재와 사랑의 미래』는 없었을테니까.
　어쨌든 당시 다른 제목으로 다른 시를 쓸 수도
있었겠지만, 얼음 같은 코뼈 조각들을 맞춰 보기 위해 완전히
새로운 터가 필요했을지도 모르지만, 「재와 사랑의 미래」가
최선이라는 희미한 확신이 있었다. 두 번째 「재와 사랑의
미래」는 '잘 살자'는 행으로 시작되는데, 나 자신에게 해 줄
수 있던 유일한 말, 어떤 문학도 온기도 거치지 않은 극도로
날것의 말이었다.(지금 읽어도 다 꺼지지 않은 열기나 구멍 같은
것이 읽힌다.) 한동안 이 안에서만 살았고 이로부터 한 달 뒤,
대산대학문학상에 당선되었다는 연락을 받았다.

　소감을 읽은 후 1년간은 시간이 어떻게 흘러갔는지
모르겠다.
　나쁜 꿈과 좋은 꿈이 폭설처럼 뒤섞여 닥치던, 그래서
주위의 많은 풍경을 바꾸어 놓았던 몇 달로부터 '누구든

적당히 사랑하기', '언어나 영원을 믿지 않기', '몸과 마음
사리기'라는 교훈을 얻을 수도 있었을 텐데, 나는 다음 해
다시 다른 사람을 전심으로 사랑하게 되었다. 대상은 늘
고유했고 그것이 품은 아름다움 탓에 피하거나 조절할
수 없었다. 그렇게 사이사이 기뻤고, 슬프고 두려웠고, 쓸
수 있는 시를 썼다. 소감에서 읽었던 '처음의 마음을 잊지
않고'라는 문장은 쓰기에만 국한되는 문장이 아니었다.
시와 사람이 동시에 가능해지는 화산지대를 다 알지 못했던
것이다. 쓰는 자리와 사랑하는 자리가 물론 매번 겹쳐지지는
않지만, 떼어 낼 수 없이 일치되는 순간 역시 존재한다는 걸.
삶은 예기치 못한 이벤트 뒤에도 지지부진 이어진다. 잔인한
장면들 위로 작은 위로 작은 평안이 찾아오고 그 일들을 잊을
만한 잔인한 장면이 또 찾아온다. 나는 여전히 침대에 누워
눈 뜬 채 그 모든 크고 평범한 일들을 바라보게 된다.

　　처음의 마음을 잊지 않고, 그러니까 이벤트들의 깨끗하고
단정한 표면에 속지 않고 삶의 뜨겁고 거친 부분들을 나는
받아들이며 쓸 것이다. 절망하는 대신 살아갈 것이다. 치아와
코뼈의 수치스러운 과거들을 기억해 줄 것이다.

재와 사랑의 미래

"잘 살자,
이제 잘 살자"
도와주려는 사람들이 있었다.

따뜻한 실내에서
담요를 덮고
벙거지 모양 기구를 쓰고
복잡하게 고안된 금속 컴퍼스를 쥐고서
눈을 감았다.
원을 그렸다.

무엇이 보이나요? 드넓게 펼쳐진 눈밭 위에서 아득하게 들
려오는 심령술사의 목소리.

누구도 밟지 않은
어떤 소리라도 금방 사라지는 눈밭 위에서
벌거벗은 채

수영하는 한 남자가 있고

남자는 추워하거나
손 흔들거나 웃지 않는다.
그렇다고 나를 외면하는 것도 아니다.

다만 허공에서 허우적대는 그의 두 팔이 햇빛에 검게 예쁘
게 그을린 것을 보았는데
그것이 무섭도록 내 마음을 끌고
걸음을 끌었다.

그 누구도 밟지 않던 눈밭에
한 걸음
두 걸음 내딛는 동안
날카로운 컴퍼스의 끝은 어디를 향하고 있었는지

우리는 원으로 들어가고 있는 겁니다,

손에 힘을 주고 멈추지 마세요. 집중해서 계속 움직이세요.
심령술사가 지시하고 묻는다. 무엇이 보이나요?

나는 대답한다. 안 보여요 아무것도. 컴컴해서 아무것도 안
보여요.

머리 위의 하늘과 빛
온몸을 뒤덮은 공기는 비현실적으로 청명하고

기구에 달린 전구들이 요란하게 번쩍이고

여기까지 어떻게 들어왔어요? 남자의 중얼거림과
거짓말 말고 말해요, 심령술사의 다그침
춥지 않아요? 나의 외침이
직사광선 아래 어지러이 놓일 때

이곳으로 걸어오는 남자의 얼굴이 보였다.
이곳에서 내내 얼어 갈
영원히 남아 있을 손을 뻗어 나는
그것을 어루만졌다.

그 순간 기구의 고리와 이음새가 내 머리를 세게 조이는 소
리가 들렸고

나는 거대한 입김이 내 얼굴과 남자의 얼굴까지 완전히 덮는 것을 바라보다 최면에서 깼다.

✦

무언가 먹거나 읽을 수 있던 건 눈이 그친 후였다.

심령술사는 기구와 컴퍼스를 들고 혼자 돌아갔다고 했다.
창밖으로 심령술사의 스키 자국이 길게 난 것이 보이고

그 위로 겨울 해가 어둡게 내려앉고

길목에 붙은 모든 집들이 부서진 장난감처럼 얌전하다. 벽
난로에 모여 앉은 사람들은
스쳐 간 얼굴들을 잊으려 서로의 볼과 볼을 맞댄다.

그런데 왜 거짓말했니? 안 보인다고 아무것도 없다고 왜
그렇게 우겼어?
진실을 말하지 않으면 기구는 못 쓰게 돼.
담요를 고쳐 올려 주며 그들이 묻고

사람과 겨우 비슷해진 얼굴로 나는 답한다.
"간직하고 싶었어요."

한 바퀴 다 돌 때까지
바늘도 걸음도
센서도 멈출 수 없는 것
온 힘으로 기다려야 하는 것이어서

컴퍼스는 늘 중심을 가만히 찌른다.
조용하게
벗어나지 못하게 원을 그리며.

"간직하고 싶었어요."

내일 내릴 눈으로 스키 자국이 덮이는 동안

유리, 종이
손바닥에 겹쳐 번지는 자국

눈밭이 몇 번 사라졌는지는 기억에 없다.

♦

　　한여름이었다.

　　나는 수영을 못했고 그는 수영을 잘했다. 육지에서 자란 우
리에게 수영은 낯설고 신기한 운동이었지만 무리해서 배우
지는 않아도 되었다. 어떻게 뜰 수 있는지 얼마나 멀리 갈 수
있는지, 육지를 잊을 수 있는지 알지 못했다. 나는 그 사실에
깃든 매혹을 알고 있었고 그는 그것을 보여 주었다. 그것만
보여 주었다.

　　작은 점으로 시작된 여름이 피구공만큼 커지고, 공중을 떠
다니고, 점점 더 커지다가 제 스스로 터질 때까지. 빛에 찢겨
갈기갈기 사라질 때까지.

　　그래서 나는 수영장에 가고 싶었다. 그래서 나는 수영장에
가고 싶지 않았다.
　　나는 생각했다. 많이 하진 못했다. 대신 수영장 모서리에
자주 앉았다. 거기 걸터앉아 가만히 지켜보았다. 물살을 가르
는 그의 두 팔이 수면 위로 나타났다 사라졌다 다시 나타나는
모습을, 햇빛에 예쁘게 그을려 가는 모습을.

떠다니던 여름이 내 머리를 지나며 무릎 아래 거대한 그림자를 만든다. 크기와

시간을 조금 초과해서 머문다.

모서리를 따라 걷던 개미가 그 안에 갇힌다.

원 안에서

팔다리가 타들어 가는 소리

은빛 다이빙대가 핑그르르 떨린다. 뛰어든 것이 나였는지 다른 사람이었는지, 모르는 사이에 내 뒤로 다가온 그였는지는 기억나지 않는다.

✦

컴퍼스나 기구 없이 먼 미래로 돌아갈 수 있는지 묻고 싶었다.

✦

양극단의 시공간만이 서로를 잇게 할 수 있다고 믿었다.

눈보라
태양
물방울
죽은 매미들

지표면의 중심에서 빚어지는 마음들

엇갈린 채 얼거나 녹아도
잊히지 않는 눈빛이
동작이 있고

직사광선 아래 그것들은 섞이고 모인다.

다시 눈보라
어깨
타일과
뜨거운

눈밭의 얼굴

여기까지 어떻게 들어왔어요? 날 보고 있어요?

오래 전 여기 남겨 두고 떠난

작은 나의 손,

나만 아는 심령술사가 묻는다.

무엇이 보이나요?

무엇을 말하고 싶나요?

무엇을 말하고 싶지 않나요?

✦

누구도 뛰어들지 않은

어떤 소리라도 금방 사라지는 수영장에 눈이 내린다. 내릴

것이다.

"잘 살자,"

물살을 가르며 땀을 흘리며 태양 아래 누군가 빛나고 있을

것이다.

그는 손 흔들거나
흔들지 않을 것이다.

나는 어느새 방 안에서
고리를 조여 주며
무언가 도와주려는 사람이 되어

"이제 잘 살자."

아무것도 보지 못하는 사람이 되어

수영모를 쓰고
복잡하게 고안된 컴퍼스를 쥔
미래로 가는 사람 곁에

모르는 사랑 곁에 서 있다.

＊『재와 사랑의 미래』(민음사, 2021).

2019년 2월 20일

　나는 전혀 부지런한 사람이 아니지만, 런던에서 머무는
내내 새벽같이 일어나곤 했다. 첫 공기를 마시며 가만히
테라스에 앉아 푸르게 잠긴 도시를 바라보곤 했다. 기묘하게
솟은 나뭇가지와 굳건한 흰 건물들, 물과 빛과 어둠이 뒤섞인
잔디. 울타리. 조용한 그림자. 성 같기도 꿈 같기도 폐허
같기도 한 이곳에 아침이 조금씩 찾아오는 모습을 지켜보며
빽빽한 문고리를 들어올리며 추워 발을 모았다. 그렇게
벽돌이, 계단이, 나무가, 도로와 철제 울타리가 순서대로
선명해지는 것을 느끼면 무언가 달라져 있었다. 정확하게
설명할 수는 없지만, 아주 오랜 시간이 지났을 때 그리고
내가 간절히 원할 때 끄고 켤 수 있는 스위치를 하나 갖게
된 것 같았고, 그것이 생각보다 손에 꽉 쥐어졌고, 나를

메마르게 하고 두렵게 하던 많은 일들을 잊을 수 있었다.
따뜻했고 그리웠다. 맨발로 테라스에 나가 무언가 기다렸듯,
무언가 흘려보냈듯 작은 스위치들을 기록해 둔다.

    우리는 긴 초 사이로 서로의 얼굴을 건너다보며 저녁을
먹었다.
    우리는 누군가 낮달을 발견하면 고개를 젖혔고
    우리는 집집마다 다르게 달린 문고리와 문패를
들여다봤다.
    우리는 이층버스를 타고 계단을 올랐다 다시 내려왔다.
    우리는 맑은 날은 맑은 날대로 흐린 날은 흐린 날대로
좋다고 했다.
    우리는 커다란 박물관 입구에서 첫 농담을 나누었고
    차갑고 조용한 그리스 두상들 사이를 걸었다.
    나는 로마의 음악(Roman music)을 로맨스 음악(Romance
music)으로 잘못 읽었다.
    나는 조각상과 조각상 앞의 사람들을 그렸다.
    우리는 우리도 모르는 시대를 한 발 늦게 걷다가
    가끔 앉았다.
    우리는 들어가도 들어가도 끝이 없는 미술관에서
서로에게 다가가 장난쳤다.

우리는 빗물에 젖은 사자상을 보았다.

우리는 보라색 교복과 하늘색 교복을 입은 아이들을 보았다.

몇몇 아이들이 이쪽을 쳐다보기도 했다.

나는 탄성을 지었다.

우리는 내리는 비를 그대로 맞았다.

우리는 계란과 무순만 들어간 단순한 샌드위치를 먹었다.

나는 숙소에서 지하철역까지의 방향을 계속 헷갈려 했다.

나는 붉은 전화 박스 안에 한 번 들어가 보고 싶었다.

나는 다운트 북스 이층에서 야한 시집을 발견했다.

나는 마켓에서 하트 모양 귀걸이를 샀다.

나에게 그것을 판 사람이 "발렌타인데이에 하고 다녀." 말했다.

그 말을 우리 중 몇 사람에게 전해 주었다.

우리는 도자기나 커피나 유리를 싸기 위해 시내에서 신문을 몇 부씩 챙겼다.

우리는 피카딜리 라인을 자주 탔다.

우리는 때때로 한국의 날씨를 확인했다.

우리는 아직 피지 않은 수선화를 파로 오해했다.

우리는 따뜻한 스콘을 반으로 갈랐다.

우리는 걷는 속도가 다 달랐다.

우리는 먹는 속도도 다 달랐다.

우리는 손이 길고 아름다운 작가를 만났다.

우리는 오래된 극장에 들어가 천국을 뜻한다는 푸른 천장을 올려다봤다.

우리는 경청했다.

우리는 식재료가 빽빽하게 늘어선 향신료 가게에서 오랜 시간을 보냈다.

우리는 불 피운 흔적이 남아 있는 난로를 신기해했고

나는 액자와 액자 속 사람들을 창 밖 사람들인 것처럼 구경했다.

우리는 강아지 동상과 기사 동상을 지나쳤다.

우리는 바람 부는 템즈 강을 건넜다.

나는 애프터눈 티 가게 건너편의 예수상을 확대해 찍었다.

우리는 동 트기 전에 숙소에서 나왔고

우리는 옥스퍼드로 향하는 기차 안에서 잠시 멍하니 있었다.

우리는 백합 문장이 새겨진 우체통에 관한 설명을 들었다.

우리는 타오르는 봉헌초를 보았다.

나는 내 시에 쓰인 달 기호에 관한 질문을 받았다.

폭발하는 시 후반부에 관한 질문도 받았다.

한국 시를 번역하는 친구와 서로의 가족 이야기를

나누었다.

우리는 둥글고 높은 천장 아래서 홍차를 마셨다.

우리는 교회 옥상에 올라 펄럭이는 무지개 깃발을 보았다.

옥스퍼드 아지트의 커튼 무늬는 자주색 꽃이었다.

우리는 스테인드글라스의 유리가 반짝이다 어두워지다
다시 반짝이는 순간을 일일이 알아채지는 못했다.

우리는 교수만 잔디를 밟을 수 있다는 말을 듣고 웃었다.

우리는 핸드폰 플래시를 켜고 예배당의 비밀을 곳곳 밝혀
보았다.

우리는 조심스러웠다.

나는 만화경을 들고 친구의 얼굴과 정원의 건축물을
번갈아 돌려 보았다.

나는 공룡 뼈대 앞에 다리를 뻗고 앉았다.

우리는 청록색 틴케이스에 담긴 차를 열심히 골랐다.

우리는 횡단보도에 서서 비틀즈를 떠올렸다.

우리는 잠들 듯 천천히 돌아가는 관람차에서 공사 중인
빅벤을 봤다.

나는 타워브릿지 난간에 기대선 친구들을 그렸고
누군가가 그런 나를 찍어 주었다.

나는 7파운드를 주고 꽃집에서 제일 크고 흰 장미를 샀다.

나는 그것을 종이로만 싸 달라고 했다.

그것이 사랑에 더 가깝다고 느꼈다.
그리고
어쩌면 그래서

소연.
다은.
은서.
혜리 선생님.
지민 선생님.

마지막 날 아침 온통 흰색인 동네에서 길을 잃어 구글맵을
켰다.
길을 잃은 곳에서 볼드체로 적힌 낙서를 보았다.

LOVE NEVER FAILS

촌스러워도 믿고 싶어지는 것들을 정말 믿게 해 주어서
고마워요. 나는 이제 이것을 매일 봅니다.
내내 푸르게 잠긴 내 아름다운 도시, 내 아름다운 사람들.

2020년 1월 27일부터
2월 17일 사이의 짧은 일기들

성경과 시집 몇 권, 델핀 드 비강의 소설 『충실한 마음』을 막 다 읽었다. 오랜만에 걸리는 것 없이 한 자리에서 다 읽은 책. 서사와 상관없이 무심하게 서술되는 기억 이미지들이 좋았다. 특히 돌멩이와 다친 참새 이야기 그리고 마지막 장의 마지막 문장. 내일부터는 새로운 시를 시작할 수 있을 것 같다.

날이 흐려 조명을 켜 두니 거실이 더 좁아 보인다. 조용한 빛 조용한 그릇들.
오늘은 며칠 내내 나에게 부드럽고 이상한 느낌으로 남아 있던 소설가를 만난다.

*

　동아리 친구들이 준비한 첫 전시회에 다녀왔다. 2019년 초봄부터 초여름까지 함께했던 친구들. 그 시절을 떠올리는 건 행복과 고통, 살얼음과 빛을 비슷한 비율로 불러일으키는 일이라 소식을 알게 되었을 때 가야 할까 주저했지만 이런 시간 이런 생각들과 싸우고 싶다는 생각도 동시에 했던 것 같다. 그래서 충동적으로 민희에게 연락을 했다. 갈게.

　버스에 앉아 긴긴 시간 동안 햇빛 속에서 어떤 음악을 들어야 할지 몰랐다. 차창에 머리를 기댔다. 유수지를 따라 걷는 동안 어수선한 바람이 불어왔다.

　오후 2시. 늦게 도착한 줄 알았는데 내가 첫 방문객이라고 했다. 친구들은 전구와 그림 몇 권의 노트들을 세팅 중이었다. 괜히 이것저것 돕기보단 조용히 보고 나오는 게 나을 것 같아 방명록과 함께 구석에 자리를 잡았다. 나는 1월처럼 느린 건물처럼 움직이는 친구들을 그렸고 짧은 메시지를 남겼다. 언니 그림이 그리웠어, 친구들이 말했다. 공간엔 작년 사진들이 있었다. 그 앞에 서 있으니 차분해지면서 잠깐 눈물이 날 것 같았다. 무언가 부서지는 것 같기도 했고 들키거나 회복되는 것 같기도 했다.

　돌아오며 일부러 오래 걸어야 하는 경로를 택했다.
그 공간에서 많은 것들이 해소되지 않았지만 그래서 더
분명해지는 것들이 있었고 아마 다음 시에는 이것들을 적지
않을까 싶다.

　저녁엔 서사창작과 신입생 환영회에 다녀왔다. 조용하고
사려깊고 다정한 사람들. 즐거웠지만 이곳에 너무 오래
있었다, 얼른 졸업을 해야겠다는 생각도 했다.

*

　상자를 여니 투박한 초콜릿 아홉 개가 들어 있었다. 거의
삼 주 동안 친구 동훈의 캐리어에 담겨 있었을 초콜릿.
애매하게 코팅된 설탕 가루 외에 어떤 장식도 없었는데
동훈은 다른 짐들이랑 부딪치면서 떨어진 것 같아,
이렇게까지 단순하진 않았어, 부끄러워했다.
　작년 말부터 유독 많은 친구들이 떠나고 돌아온다.
이야기를 듣거나 선물을 받으면 마음 속에서 엇비슷한

높이로 솟아오른 공간들이 동시에 움직이는 기분이 든다.
작고 납작한 붉은 상자. 방금 제일 심심해 보이는 것 하나를
꺼내 먹었다.

다음 주 월화수 동안 내가 졸업한 고등학교에서 문학
캠프가 열려, 거기에 참여하기로 예정되어 있었는데 코로나
바이러스 때문에 행사가 취소되었다. 좋아하는 책들을 곁에
두고 강의 자료를 준비하려던 차에 국어선생님께 연락을
받았다. 선생님은 학교 방침이라 어쩔 수 없다며 너무
미안해하셨다.

고등학생일 때 나는 열일곱에서 열여덟이 되던 해
겨울부터 이 캠프에 매해 참여해 왔는데, 졸업하고서는
후배들 인원 수대로 시집을 사 가 선물하기도 했다. 15,
16년도엔 이것을 위해 연말부터 돈을 모으기도 했던 것 같다.
해마다 차이가 있었지만 보통 여덟 권에서 열두 권 사이로
준비해 각자에게 어울리는 것을 주곤 했다. 당시엔 시집
한 권에서 미지근하고 이상한 운동이 시작될 수도 있다는
믿음이 있었다. 그것들이 다 어디에 꽂혀 있을까, 요즘에도
읽힐까 가끔 궁금하다. 올해도 갈 수 있었다면 거의 9년차.
아쉽지만 내년을 기약해야겠다. 내년부터는 아이들과 열 살
차이가 난다.

*

진심과 진심이 닿는 순간

진심이 계속해 불을 지피는 순간을 믿고 싶다. 믿고 싶다.

언젠가 슬기 언니는 내가 공무원 같다고 했다. 연덕,
연덕은 사랑할 때도 꼭 공무원 시험 준비하는 것 같아.
어떻게 그렇게 성실해?

그리고 작년 4월 나는 이런 트윗을 적었다.

열심히 사랑하면 사람들은 늘 대단하다고, 용기 있다고 하지만 나는
늘 어딘가로 도망치는 기분이 든다. 용암처럼 흘러넘쳐도 괜찮을 곳으로
이상한 얼굴로 도망치는 것 같아.

동우, 소연과 조금 늦은 신년회 하면서 파랑색 케이크 초
불면서 소원을 빌었다.

꾸준한 사랑 충실한 사랑을 주고 받을 수 있는 사람
만나게 해 주세요.

사랑을 포기하지 않도록 해 주세요. 지치지 않도록
차가워지지 않도록 해 주세요.

보드게임 하면서 짧아지는 초를 바라보면서 많이 웃고 떠들었는데 왜인지 총량이 정해진 연료가 닳는 것처럼 마음이 아팠다. 무섭고 싫었다.

*

눈 맞고 집에 돌아와 목욕하고 막 식탁 앞에 앉아 쓴다.

온몸에 긴장이 풀려 곧 잠들 수도 있었지만, 이렇게 기록적인 눈이 내린 날엔 메모라도 해 두어야 할 것 같아 졸음을 참고 앉았다. 오늘은 스콘 네 조각과 화이트 와인을 사 들고 가 자정이 훨씬 넘은 시간까지 친구 생일 축하해 준 날. 정확히는 친구의 남자 친구 생일을 축하해 준 날. 와인 병이 함부로 구르지 않도록 에코백을 정리하는 사이 버스 창밖으로 흰 산과 흰 건물들이 펼쳐졌다. 더러워진 도로가 펼쳐졌다. 사진을 더 찍고 싶었는데 넋 놓고 있었더니 금방 터널 안이었다.

빈 접시
눈빛들

철창 안 성당 안 봉헌초 함 안 봉헌초들
길고 나른한 어둠들

　하지만 풍경을 반으로 갈라 조심조심 따라가는 식의
이야기를 쓰고 싶었던 건 아니다. 생생하게 남아 있는
장면들을 골라 이어 붙이고 싶었던 것도 아니다. 그럼 어떤
문장에 헌신하고 싶지? 나는 나와 일치하는 문장을 찾고
싶은 것 같다. 자연에 기댄 거짓말로 느껴지지 않는 말들을
　잘 숨기면서 내게만 잘 들키는 말들을 찾고 싶은 것 같다.

　눈이나 비가 실내에서의 일들보다 커다란 인상을 남긴
날엔 왜 하루 일과와 전혀 상관없는 이야기를 쓰고 싶어지는
걸까. 최근 내게 벌어진 일들, 내게 상처 준 일들과는
상관없는 마음에 대해 묘사하고 싶어지는 걸까.

　눈이 왔다고 너무 예쁘다고 새벽 I시에 내가 처음
밟았다고 자랑하고 싶다. 누군가에게 전화해서 실제보다 더
추운 척 실제보다 더 들뜬 척하고 싶다.

2020년 3월 4일부터 4월 8일 사이의 짧은 일기들

일기 쓰려고 앉으니까 하고 싶었던 말들이 다 날아가
버렸다. 써야 할 것이 너무 많은 것 같은 기분 그러니까
밝혀지지 않은 것이 아직 많다는 기분과 쓸 것이 아무것도
없다는 기분은 하나로 이어져 있는데 이런 기분이 좀처럼
지워지지 않는 날엔 슬프다, 화가 난다, 누군가가 보고
싶다, 같은 거칠고 원시적인 말들 외에 어떤 말도 하고 싶지
않아진다. 나는 고등학생 때부터 공개 일기를 썼는데, 우연히
택하게 된 이 형식이 아니었다면 노트나 비밀 메모장엔
알아볼 수 없는 감정들 엉망인 말들로만 가득했을 것이다.

가끔 너무 많은 사람들을 만족시키면서 사는 것 같다.

*

　다섯 번째 「재와 사랑의 미래」 완성했다.
　(사랑이라는 단어 없이 끝까지 써낸 것은 지금까지 중
처음이다.)

　초저녁에 이어 쓰다가 은형과 전화하기로 한 것도 잊고
잠들었는데 몇 시간 자고 일어나니 고칠 부분들이 더 보였다.
　이번 것은 쓰면서 『워터멜론 슈가에서』 생각이 아주 많이
났지.
　다섯 페이지째 쓰면서는 이상하게 슬프고 차분해져서
눈물이 날 뻔하기도 했다.

　한동안은 그러니까 아무리 빨라도 여름까지는 「재와
사랑의 미래」를 쓰지 않을 것이다. 이번 시에 너무 많은 힘이
소진되었다.

　시집 마지막에 배치하고 싶은 시는 여름 지나 쓰게 될
「재와 사랑의 미래」, 「재와 사랑의 중추식 미래」.
　첫 시집 묶을 때까지만 쓴다는 생각으로 털어 버리고
있다. 다음 주까지는 한 줄짜리 시를 쓸 것이고 다 쓰고 나면

「벚꽃」, 「입체 벚꽃」 연작을 쓸 것이다. 3월 들어와선 정말 책 생각, 다음 작업 생각만 한다.

*

검정 비닐처럼 이리저리 쏘다녔던 하루. 오늘은 책방 이야기를 하고 싶다. 예정도 없이 책방 두 군데에 발길이 닿은 것은 처음이기 때문에.

긴 산책을 했고 산책 중간중간 다른 것들을 보거나 더 보고 싶은 것들 앞에서 멈추었지만, 산책의 시작과 끝에 책방이 있어서인지 네 시간 동안의 모든 걸음이 책방을 향하고 있었다고 생각해 버리고 싶다.

2시에 한 번, 6시에 한 번 갔고 2시에 간 곳은 익숙한 곳, 6시에 간 곳은 처음 가 본 곳이다. 두 군데 모두에서 책을 사지 않았다.

생각보다 길고 어두운 계단과 닮은 것은 아닌가 하는 의심을 지나야 도착하게 되는 곳. 기분 좋은 먼지 속에서 파티션 사이로 분리된 주인과 나. 보라색. 날씨도 시간도 멈춘 곳. 전자의 책방에서 자주 느끼는 인상이다.

밝은 식물. 영원히 젊은 사람들만이 모여 만든 것 같은 곳. 정돈된 다른 사람 거실 같은 곳. 후자의 책방에서 느낀 인상이다.

책방에 머물며 공간에 대해 많이 생각하게 됐다.

책에게 기억을 심어 주는 여러가지 방식들, 반대로 책이 나에게 심어 주는 독특한 기억들.

한 권의 책이 어떤 조명 아래 어떤 서가에 어떤 책들과 함께 꽂혀 있는지, 어떤 주인과 어떤 눈속임, 어떤 높이와 어떤 애호하는 마음과 어떤 공간에 둘러싸여 있는지가 책에게는 아주 감정적인 문제, 중요하고 결정적인 문제라는 확신.

책을 존중하는 공간 한가운데 서 있으니 행복하게 기운이 났다.

책방에 있다 오니 자연히 글이 들어갈 집, 책에 대해서도 비슷한 무게로 생각하게 된다.

아래는 오늘 책방에서 메모해 온 책들. 저것들 중 한 권은 주문했다. 빠른 시일 내에 모두 읽을 것이다.

『공간의 종류들』, 조르주 페렉

『보이지 않는 도시들』, 이탈로 칼비노

『타인만이 우리를 구원한다』, 아담 자가예프스키

『시간의 빛깔을 한 몽상』, 마르셀 프루스트

『이토록 황홀한 블랙』, 존 하비

『미미한 천사들』, 앙투안 볼로딘

*

히로시게의 「에도 백경」을 볼 기회가 있었다. 책상 너비를
겨우 넘지 않을 만큼 커다랬는데 책의 모든 면과 모서리를
튼튼한 나무판이 둘러싸고 있었고 상아와 흰 끈으로 표지와
내지 사이가 고정되어 있었다. 나는 무엇에 홀린 것처럼 끈을
풀고 앞의 몇 장을 구경했다. 재작년 일본미술사 수업에서
호쿠사이와 함께 히로시게에 대해 발제를 했었다.

히로시게의 「후지산」을 모니터 밖에서 처음 확인한 오후.
두 사람이 후지산 색을 어떤 식으로 썼는지 비교해서 썼던 게
생각났다.

결혼하면 혼수로 가져가고 싶다고 말했고 이 정도는

가능하지 않을까? 말하며 친구가 웃었다.

　금요일엔 용준, 희수와 스터디했다.
　◇ 기호는 내가 생각하는 조형적으로 가장 아름다운
부호인데,『재와 사랑의 미래』연작에서도 다른
장시들에서도 많이 쓰인 부호다. 각진 변들로 이루어진
세모나 다이아몬드와는 다른, 빛을 닮았지만 정확히
빛이라고는 통용되지 않는 애매한 부호. 이 기호를 용준
오빠는 불빛이라고 읽고 희수 오빠는 섬광이라고 읽었다.
　빛이라고도 불이라고도 도깨비불이라고도 읽히는 기호가
좋다. 희수 오빠는 촛불 그림까지 그려 가면서 시의 온도
이야기 해 주었다. 빛 자체가 아니라 빛의 결 빛의 일렁임과
번짐을 쓰는 것 같다고 왔다갔다 하는 온도가 좋다고.

　희수 오빠가 쓴 시를 읽으면서는 다니카와 슌타로 생각이
나서 셋이 머리 맞대고 「일부 한정판 시집『세계의 모형』
목록」도 읽었다.

*

삼청동에서 꽃나무들 많이 보았다.

거짓말처럼 하얗게 무거워진 나무들. 창 너머로
건너다보기만 해도 볼이 뜨거워졌다.

돌아오는 길에는 좋아하는 케이크 가게에 들러 내 생일
케이크를 미리 주문했다. 일주일도 더 남았지만 그 기간을 더
길게 기다리고 싶어서. 재작년부터 내 생일 케이크는 매번
내가 사거나 주문하고 있는데 오늘도 아담한 유리 케이스
앞에 자세를 낮추고 크림 색과 맛을 골랐다.

*

이틀만 지나면 벌써 4월.

3월은 올해 들어 가장 많은 시를 쓰고 가장 많은 책을 읽은
달이었다.
특히 이번 방학엔 읽다가 포기했던 책, 새로 들여온 좋은

책들을 서른 권 정도 몰아 읽었는데 아마 고3 때 이후로 제일 열심히 읽은 달이 아닐까 싶다.

아직 쓰고 싶은 것, 도달하고 싶은 곳이 무궁무진하다 무한하다는 것을 새로이 확인할 수 있던 시간.

때로는 어떤 문장을 쓰기도 전에 눈앞의 장면에 너무 놀라고 감동한 나머지 자세를 가다듬고 침착하게 쓰는 것이 불가능하게 느껴진다. 하반기 지날 즈음엔 쓰던 것들의 온도나 표정이 조금씩 달라지지 않을까 기대된다.

*

이번에 '온리스티커즈'라는 행사에 참여한 박현성 작가 사진이 너무 좋아서 이것들로 시 써도 되겠냐고 물어보았다. 제목은 「그릭크로스」로 하고 시집에도 넣고 싶다고. 현성 씨는 흔쾌히 수락해 주었다. 늦어도 주말부터는 「그릭크로스」, 「라틴크로스」 연작을 쓰기 시작할 것이다.

시집 묶을 때는 현성 씨 사진이 네 장 들어갈 것 같다. 작년 여름에 현성 씨랑 작업했던 것 두 장, 이번에 따로 부탁한 사진 두 장. 각각 흑백 돌 사진, 흑백 빛 사진, 흑백 물결 사진, 흑백 나무 사진이다. 흰 시집과 꼭 어울릴 것 같아 좋다. 시집

구성과 모양이 천천히 조금씩 완성되어 가는 기분. 다른
연작들과 달리「그릭크로스」와「라틴크로스」는 순서에서
조금 떨어트려 놓을 것이다.(2부 다섯 번째 시-아홉이나 열 번째
시 정도로.)

　새벽에는 천운영 선생님 과제로 영화「로마」제작 과정을
다룬 다큐멘터리「로마로 가는 길」을 보았는데, 감독인
알폰소 쿠아론의 말들을 조금 옮겨 적어 둔다.

　'이 장면은 심각한 내적 위기를 불러일으켰어요. 내면에
있는 줄도 몰랐던 감정들이 흘러나왔죠. (……) 처음으로 저는
그 순간을 외부의 시각에서 판단하지 않고 아버지가 남자로서
느꼈을 감정을 이해하려고 애썼던 거예요. 아버지가 한 행동과
방식을 도덕적으로 합리화하는 게 아니라 그냥 아버지의
기분을 이해할 수 있었어요. 전에는 단 한번도 하지 않은
일이었는데, 55살이 되어 하게 된 거예요.'

　'제 불편한 기분의 원인은 그 촬영장에 있지 않았어요. 제가
재현하려는 그 사건의 역학 관계에 기인한 감정이었죠. 어느
순간 그 모든 게 비현실적으로 느껴지더군요. 어린 시절에 살던
집에서 우리 가족을 꼭 닮은 사람들이 옛날과 똑같은 옷을 입고

똑같이 행동하는 게 말이에요.'

　다음 작업 할 때 이 사람 말에 많은 영향을 받을 것
같다. 고집불통 같아 보이지만 모든 배경이 준비되었을
때 더 자유로워진다고……. 그는 멀리 있어서 잘 보이지
않을 단역의 머리 스타일과 장신구까지 메모했다.
도시에서 한 여성이 걸어가는 장면 하나를 찍기 위해,
바하칼리포르니아와 인수르헨테스 교차로 전체를 새로
만들었다. 그리고 그 안에서 예상치 못하게 흘러 들어오는
감정들과 싸웠다.
　내가 쓰고 싶은 것이, 집중하고 싶은 것이 무엇인지 알 것
같았다.

그릭크로스

건강한 자동 글쓰기를 방해하는 건 천연 나무 향으로 구성
된 생생한 증오

풍경을 등지고 앉자마자
나가는 문이 사라진다 나는

내 의지로 이 상징 한가운데 들어오지 않았다

멍한 눈 기이

적출된 대들보

시대착오적으로 요약되는 어둠의
눈부신 세부

누군가 우는 사이 누군가 더 작게 우는 세계의 상 안에서
나는 이제 아름다움에게 얼굴을 부여하거나 말을 가르치

고 싶지 않다 반쯤 죽은
   늙은 빛을 세공하거나

   안절부절 깨어 있고 싶지 않다

   420년 전에 지어진 사랑의 수동태 모형 천국을 뜻한다는
푸른 천장을 올려다봤지 그것은 정말로 고요하게 최선을 다
하는 푸른색 그러니까 매번 새로 태어나 매번 새로 기대하는
삶이자 깊고 충실한 내 성층권의 한 부분이었죠 그러나 고정
된 공간
   공통의 시대를 여러 번 살아도

   언제나 같은 강도의 응답 같은 점도의
   괄시를 받는 것은 아니어서

   눈비가 조금 새는 이
   차가운 평화
   이

   상상용 천국이

어설픈 도구로 마모된 나만의 대기가 과연 연속적인 무늬
로 만들어질 수 있는 것인가 아닌가 푸른색은 자문하였고

무한히 흐르는 세기
피 같은 졸음 속에서만 유지되고 회복되어 온 천장은 자기
안의 이상한 지구력 지나친 붕괴 구조를 제대로 따져 보거나
견뎌 낼 수 없었습니다 생성되자마자 나뭇결 깊숙이

뛰어 들어가

더 이상 발견되거나
만져지지 않는
상처 끝없이
벌어지는 내
일요일 입술

빛 속에서 무섭게

식어 버린 빛을 그저 경험해 볼 만했던 경험 축소된 구슬
형태로 보관되는

에너지

다시 말해 과거로부터 맑게 단절된 이야기 쓰기로 환산할

수는 없었습니다 큰 나무 자재로

활용하거나

얼굴을 가릴 수는 없었습니다

✧

뜨거운

구석책상풍경

닫힌다 눈과

눈물을 지우며

유한한 어둠 구조를 세우며

뛰쳐나가고 싶은 대들보로 가득한 실내에서 자기 방식대

로 흐르는 천장 떠오를 때부터 무심히

소진되는 단어

✧

환하게

애원하는 세부 세공된 풀밭에 나 누워 있습니다

미치지 않았어요 제정신으로
이가 부러졌어요
혀가 잘렸어요
비유가 아니라 상징이

아니라 현실의 내 멍한 치아 오늘 흉하게 나갔답니다

기이한 안식처
천국 고집대로 고수한
결기 죽지도 살지도 않는
기대 때문에요 나의

최선 때문에요

세계는 늘 단체 관람객으로 나를 방문해 빛은 새로 붕괴
되는
매일의 입구 빗나간
420년을 적시에 준비할 수 없었으며
한 곳에 너무 오래 머무는 등을

늙은 침묵을 내보낼 수 없었습니다 세계에 고루

배어 버린 나무 향 한순간 지워 줄 수는 없었습니다

◇

죽음 아래
푸른 천장 아래 누군가 기다리고 있다 떨리는 윗입술 꾹 다
문 채 지워지고 있다 식어 버린 자동글쓰기를 붙잡아 두는 건
과부하된

희망과 증오 나는

내 의지로 이 사랑 모형을 버리지 않았다

＊『재와 사랑의 미래』(민음사, 2021).

2020년 4월 27일

　스물넷 겨울, 나는 성형외과에서 코수술을 받았다.
지금으로선 상상도 할 수 없을 만큼 많은 양의 술을 마시고
심하게 넘어져 왼쪽 코뼈가 완전히 내려앉았기 때문이었다.
실패한 연애 때문에 이 지경이 되었다는 것이 당시 나는
너무 부끄러웠는데, 코뼈 대신 다리나 어깨뼈, 갈비뼈가
부러졌으면 덜 수치스러웠을 수도 있었을 것이다. 부러진
앞니들 역시 흰 도자기로 메운 뒤였다.
　보기 흉한 코 지지대를 하고 제일 먼저 들어간 수업이
일본미술사 수업이었다. 거의 2주만에 가는 학교였는데,
그날따라 미술이론과 강의실에는 내가 제일 먼저 도착했고,
선생은 어떻게 된 일인지 자초지종을 물었다.
　그래도 청춘이네, 부럽네. 내 이야기를 듣던 그녀가

말했다.

있지, 나는 혀가 잘린 적이 있어요. 나도 연애 실패했을
때였던 것 같네. 우리 집 정원에 돌계단이 있었는데, 술
마시고 거기서 넘어졌거든. 근데 혀를 꼭 깨문 채였나 봐.

무언가 미신적이고 으스스한 선생의 이야기를 듣던 나는
어쩐지 내가 가 본 적도 없는 선생의 정원을 아주 구체적으로
떠올릴 수 있었는데, 나에게 정원의 첫 이미지를 만들어
주었던 또 다른 선생이 있었기 때문이다. 그는 나의 바이올린
선생이었다. 내가 그에게서 바이올린을 배운 것은 10년
하고도 8개월 전이다. 그러니까 10년하고도 8개월 전 보았던
바이올린 선생의 옛날 정원에 미술사 선생의 정원을 투영해
상상했던 것이다. 그곳에 가 본 적 있는 것처럼, 두 선생의
정원이 데칼코마니로 찍어 낸 똑같은 정원들인 것처럼.

2008년 3월. 열네 살의 나는 바이올린 선생의 집
거실에 주저앉아 레슨을 준비한다. 지퍼를 덮는 부분이
애매하게 뜯어져 자주 신경 쓰이던 케이스, 어깨 받침, 풀려
있던 나사를 조이면 금세 팽팽해지던 활, 호박색 송진을
문지르다 보면 끈적해지던 손끝, 깨진 송진 조각 때문에
함께 더러워지던 바닥 같은 것들이 떠오른다. 무엇보다
기억에 강하게 남아 있는 것은 거실 창과 바로 면해 있던

정원이었는데 그렇게 정성스레 관리되면서도(선생의 남편은
취미로 정원을 손질하곤 했다.) 어떻게 이렇게 쓸쓸해 보일까
싶던 이상하고 아름다운 정원이었다.

키 작은 한국식 석상들, 수치심처럼 낮게 솟은 동산,
어두운 회백색 돌 무늬들. 그곳에서 사계절을 몇 번이나
보냈는데 어째서 진한 어둠이 내려앉은 참담한 정원의
모습만 또렷하게 남아 있는 걸까. 주문 외듯이, 시간이 지나
다른 정원 이야기를 들을 때, 이 어둠과 그 어둠을 겹쳐 봐
달라는 뜨거운 미래적 주장이라도 하는 듯이.

부암동에 있었고 자연에 바로 노출되어 있었다는 점은
같았지만, 우리 집과는 완전히 달랐던 집. 우리 집이 잡초나
독버섯이나 야생 동물들을 그대로 두는 거친 자연의
것이었다면, 선생의 집은 굉장히 정갈하고 아담하고
조직적으로 관리되던 집이었다. 동시에 너무 경직되어
보이지는 않도록 더 엄격하고 섬세한 계산이 들어갔을 집.
평평한 그림같이 아름다웠던 집.

처음 바이올린을 들고 스즈키 악보를 들고 갔을 때,
한 시간 내내 활 쥐는 법만 배웠다. 활을 쥐고 바이올린
위아래로 왔다갔다 해 보는 것만 한 시간을.

나는 내가 바이올린을 정말 잘 하게 될 줄 알았다. 같은

선생에게 오랫동안 레슨을 받았던 언니에게, 또 엄마에게
바이올린 선생의 엄격함, 선생의 까다로운 교습법에
대한 이야기는 많이 들었지만, 두 사람 모두 내게 '연덕은
선생님과 잘 맞을 거야. 선생님을 잘 따라갈 거고, 멋지게
연주하게 될 거야.' 라는 말을 자주 해 주었기에, 기대 비슷한
오만함을 품고 수업에 들어갔다. 나 스스로 하고 싶은 것에
대한 열정이 없는 사람은 아니라는 믿음, 열심히 해서 선생을
놀라게 하고 싶은 마음도 있었다. 그러나 그 기대감이 깨지는
데는 그리 오래 걸리지 않았다.

　3주 내내 활 쥐는 법만 배우고, 한 주에는 음 하나씩,
현 하나를 떼는 데 한 달도 넘게 걸렸을 때 내가 상상했던
수업과는 많이 다르다는 것을 깨달았다. 그럼 그만큼 열심히
하면 되는 것 아니었냐고 말할 수도 있겠지만, 나는 내가
할 수 있는 선에서 최선을 다했다. 집에 돌아가 현 하나만
두고 연습하는 것도 자존심이 상했는데…… 최선을 다해
연습해 가도 선생님 기대에 한참 못 미친다는 것을 알았을
때부터 서서히 의욕을 잃어 가기 시작했다. 수업이 기대되지
않았고, 오히려 레슨 날짜가 다가올 때마다 마음에 돌덩어리
하나 얹혀진 것처럼 부담스러웠다.

　레슨 때마다 선생과 나 사이에는 냉랭한 공기가 자주
맴돌았는데, 그럴 때마다 나는 어찌할 바를 몰랐다. 선생

성격에 내가 이런저런 변명을 덧붙이거나 죄송해하거나,
분위기를 밝게 바꿔 보려 노력하더라도 별로 좋아할 것
같지 않았고, 극도로 위축되는 분위기를 견뎌야 하는
것이 선생이 내게 주는 벌이라고도 생각했다. 나는 그저
이 시간이 얼른 지나가 버리기만을 기다리면서, 송진으로
뒤범벅된 손가락을 만지작거리거나 발끝을 내려다보거나
정원을 내다보곤 했다. 선생과 나 사이에 흐르는 분위기가
어색하거나 나쁠 때도 정원만은 너무 고요하고 아름다웠다.
비현실적인 정원 때문에 넋이 나가 있으면 선생은 다시,
처음부터 다시, 하고 스즈키 악보를 가리켰다.

　이른 오후부터 저녁까지의 수업이었기에 여름이었음에도
레슨이 끝날 즈음이 되면 퍽 어두워졌고, 레슨을 마치고
나오면 양손에 각종 정원 손질 기구를 든 선생의 남편이 나를
멋쩍게 배웅하곤 했다. 그는 늘 사다리를 타거나 은빛 기구를
들거나 나무와 덤불과 언덕을 손질하고 있었다. 나뭇가지
잎사귀 잔디가 잘려 나가던 꿋꿋하고 슬프고 규칙적인 소리.
정원과 하나인 듯 외따로 떨어진 듯 그의 움직임은 새처럼
가벼웠다. 그는 주로 뒷마당에서 나왔는데, 나는 정원에서
그런 식으로 튀어나오는 남자를 그때 처음 보았고 이후로도
본 적이 없다.

다시 스물넷. 병실 침대에 누워 이 이미지를 오래
생각했고, 코뼈가 완전히 붙기 전까지 하고 다녀야 하는
살색 지지대는 학기가 끝날 때까지 내 콧등에 얹혀 있었다.
짚 더미처럼, 죽은 잔디들로 둘러싸인 언덕처럼, 축축한
언덕을 보호하려는 정원 계획의 일부처럼. 지지대 아래서
뼈들은 미세하고 확실하게 움직였다. 나로서는 추측하거나
가늠할 수 없는 묘한 냄새와 습도와 어둠 속에서. 방치되듯
그 상태로 남아 있던 두 달간의 뼈, 다시 붙어 사라진 뼈와
뼈 사이의 공백들이 내가 결코 알 수 없을 두 선생의 삶,
바이올린 선생과 미술사 선생의 가파른 이야기로 느껴진다.
결국 내가 포기해 버린 바이올린과 같이, 상실의 총체적인
이미지인 정원과도 같이 느껴진다. 구석구석 고여 옅어지다
짙어지다 이내 사라지던 차가운 빛, 시간 속에 가려진 그
생생한 어둠들이.

덧붙이자면, 바이올린 레슨을 그만두게 된 건 자의가
아니었다. 선생의 자제 분 일과 관련되어 있었는데 정확한
이유를 나는 가끔 잊는다. 레슨이 힘들어 너무 그만두고
싶었기 때문에, 지지부진 이도 저도 아닌 채 레슨 받으러
다니는 스스로를 견디기 어려웠기 때문에, 하지만 시작한
지 2년 밖에 안 되었는데 그만두겠다고 이야기하기도 왠지
창피했기 때문에…… 당시 나는 혼란 속에서 타이밍을

보고 있던 참이었다. 바이올린 그만두는 것을 아쉬워했다면 아마 그만두게 된 시점과 선생의 사정에 대해서도 많이 생각했을텐데, 부끄럽고 무심하게도 나는 그러지 못했다. 그때는 선생의 정확한 사정을 몰랐어서, 솔직히 잘 되었다는 생각도 했다. 표면적으로 어쩔 수 없이 그만두게 된 모양이 되었으니까. 레슨을 그만두고 나서 바이올린을 다시 잡아 본 적은 없다. 내가 바이올린으로부터 도망쳤다는 걸 나 스스로가 가장 잘 알았기 때문에. 다시 활을 잡기가 무서웠다. 지금 생각해 봐도 바이올린과의 결별은 무척 이상한 형태의 것이었다.

코가 부러지고, 미술사 선생의 정원 이야기를 듣고, 어떻게 바이올린 선생의 정원을 다시 떠올리게 되었을까. 아마 최초의 상실의 기억으로 돌아갔기 때문에. 2018년의 나와 2008년의 나를 나란히 두었을 때, 내가 어떻게 새로 구성될지 궁금했다. 상실을 겪고, 뜻하지 않은 경로로 예상치 못했던 장면이 복원될 때의 감각에 대해. 그 장면에 차례로 작은 불이 켜지는 것처럼, 어느새 굉장히 자세해지는 풍경에 대해. 우리 집과는 전혀 다른 느낌의 자연 속의 집, 내 열정을 믿었지만 그것에게 거부당했던 경험, 조용한 공기, 자제 분들 액자만 남은 거실, 남편의 정원 손질 기구 같은 것들이

어우러져서……. 내가 무언가를 잃었고 또 무언가를 잃은
어른들이 살고 있는 집이 떠올랐던 것이다.

　새해가 되었고, 어느새 뼈는 완전히 붙어 지지대는
화장대 서랍 속으로 들어갔다. 어차피 쓸 일도 없고 발견할
때마다 그날의 아픔을 떠오르게 할 뿐이니 바로 버릴 수도
있었을 텐데, 이상하게도 그건 내키지 않았다. 지지대
아래서 가장 두렵고 조용한 방식으로 일어났던 일들이 내게
다른 의미로도 남게 되었기 때문일까. 어쨌든 먼지와 각진
모서리들 사이에서 그것은 한동안 또 잊힐 것이다. 그리고
사람들로 붐비는 지하철이나 번화가에 안심하고 탑승하거나
돌아다닐 수 있었을 때,(부딪힐 위험이 있으니 병원에서는
가능한 집에만 있으라고 했었다.) 나는 나를 떠난 사람을
잊었다.

　우키요에 판화 나무로 벚꽃나무를 썼다는, 시험에
나오지는 않는 쓸모 없고 구체적인 비밀들에 골몰했던
그해의 일본미술사 수업. 코뼈가 수치스러운 모양새로
부서졌을 때였지만, 나와는 상관없는 아름다움들이 때때로
나와 함께 있어 주었다.

　다 그려 볼 수는 없는 미술사 선생의 돌계단과 열정이,
듬성듬성 남아 있는 바이올린 선생의 정원 그림자가, 먼지

쌓인 바이올린 케이스가 나와 함께 있어 주었다. 다른 날들로 데려가 주었다. 언젠가 이 코뼈 조각들도 다른 상실의 날들과 함께할 것이다.

이 글을 쓰며 바이올린을 가르쳐 주던 선생 생각이 많이 났다. 보고 싶다는 기분과는 다르다. 보고 싶거나 만나고 싶다는 기분이 아니라 선생이 어떤 사람인지 더 알고 싶다는 미세하고 선명한 충동. 동시에 어쩌면, 그녀와 오랜 시간을 보낸 사람들, 감정적인 교류를 했던 사람들보다 내가 그녀에 대해 더 잘 아는 면이 있을 수도 있다는 생각도 든다. 선생과 나 사이의, 바로 그 거리 때문에.

2020년 5월 10일

지난 4월, 거의 1년 만에 고등학교 동창 강수를 만났다.
강수의 본명은 강수빈인데 나는 강수와 그렇게 친해지기
전부터 강수를 강수라고 불렀고 강수 역시 자기를 그렇게
불러 주는 걸 좋아했다. 우리는 고등학교 1학년 때 복도
맨 끝 반이었던 '동백(내가 나온 고등학교는 반 이름이 꽃
이름이었다. 장미 백합 모란 수련 난초 국화 매화 동백 순.)'반에서
만났고, 목표하고 있던 대학이 같아서였는지 출석 번호가
비슷해서였는지 3월이 지나기도 전에 친해졌다. 겉모습이나
분위기, 몰려다니던 무리가 전혀 달랐는데도.

강수는 그림을 그리는 사람이었고 나란히 서서 복도를
걸어갈 때면 꼭 내 왼편에 서기를 고집하던 사람, 내 길고
어설픈 글을 전부 읽어 준 사람이자 졸업식에 홀로 초록색

머리를 하고 온 사람이었다.

　우리는 졸업 후 자주 보지는 못했지만 서로를 잊지 않을
만큼은 꼬박꼬박 만났는데, 재작년 여름의 강수는 긴긴
세계 여행을 마치고 온 뒤였다. 포르투갈의 조용한 해변
스위스의 설산 아래서 찍은 사진들을 보여 주던 강수는
한낮의 식당 테이블 위에 둔탁한 선물 꾸러미를 올려놓았다.
터키에서 이것 보자마자 네 생각이 났어. 좋아할지 확신은
안 서지만. 이게 뭘까 만져 보는데 여러 번 덧댄 종이
포장지 겉으로도 차고 날카로운 테두리가 느껴졌다. 강수의
선물은 아마도 터키 해변에서 모았을 열댓 개의 조개와
소라 껍데기들, 그것들 표면에 구멍을 뚫어 투박한 줄로
엮은 장식품이었는데, 나는 첫눈에 그것이 마음에 들었다.
한 손으로 들면 서로 가볍게 부딪치는 소리가 나 좋았고
터키에서 왔다고 시끄럽게 주장하고 있지 않아 좋았다. 그
장식품은 계절이 몇 번 바뀔 때까지 복도와 면해 있는 내
방 책꽂이에서 가끔의 기쁨 가끔의 볕 가끔의 먼지와 함께
놓였다.

　그리고 작년 겨울, 겨울에도 유일하게 뜨거운 공간인
미술원 유리 공방에서 유리 캐스팅 수업을 듣던 나는 유리로
만들 수 있는 작고 의미 있는 물건이 있을까 고민하다 그
장식품을 떠올리게 되었다. 한 손에 쥐어지는 섬세하고

날카로운 모서리. 불을 오래 견디는 유리와 한 쌍인, 먼 곳의
물을 오래 견뎠을 이상한 물건. 그래 유리 조개와 소라를
여러 개 만들어야지. 그래서 제일 잘 만들어진 것을 강수에게
주는 거야. 터키의 파도에서, 미술원 송추공방동에서 전혀
다른 시간을 겪은 조개와 소라들을 교환해야지. 나도 강수가
모르는 내 시간을 선물하고 싶었다. 강수의 오른편을
선물하고 싶었다. 나는 잠시 고민하다 가위로 그것들을
연결하고 있는 줄을 잘랐다.

    몰드(틀)을 만들고 유리만 부으면 되지 않겠어?
라는 생각으로 시작한 유리 작업은 예상보다 간단하지
않았다. 찰흙으로 조개와 소라 주변을 부드럽게 감싸고,
알디네이트를 부어 틀을 만들고, 왁스를 녹여 붓고, 왁스로
만들어진 틀에 석고 틀을 더하고, 완성된 석고 틀에 유리를
붓고, 가마에서 나온 삐죽삐죽한 유리를 부드러워질 때까지
연마하고……. 나는 몸이 오소소 떨리는 차가운 연마실에서
물을 맞으며, 유리 조개와 유리 소라를 매끄럽게 갈아
내며, 강수와 강수의 터키와 한 자리에 너무 오래 서 있어
뻐근해지는 나의 몸과 기분, 강수가 아닌 모든 것, 터키와도
공방과도 상관없는 자질구레한 모든 것들을 생각했다.
그렇게 완성된 아홉 개의 유리 조개와 유리 소라는 불 꺼진
공방에서 꼭 따뜻한 동물처럼 보였다. 나는 거기서 가장 잘

만들어진 것 세 개를 골라냈다. 어울리는 박스도 사고 푸른 리본으로 장식도 해서, 나의 오랜 친구 강수에게 4월이 되어서야 전해 주었다.

나는 외국 나가도 친구들 선물 잘 안 사 와. 아무리 내가 의미를 담아 사 와도 친구들이 몰라주더라고. 그 후로는 그냥 유명한 술이나 담배만 사 오지. 한밤중 나와 통화하던 사람, 강수에게 선물을 전해 준 바로 그즈음 나와 데이트하던 사람은 말했다. 아니, 오빠. 나는 선물의 가능성을 믿어, 받는 사람도 만들어 낼 수 있는 무궁무진한 의미, 수상한 시간들을 믿어. 나는 대답했다. 그 사람은 어떤 눈으로 어떤 마음으로 어떤 순전한 열정으로 여행지에서 친구들 선물을 골랐을까. 그 사람의 친구들은 또 어떤 사람들이었을까. 지금은 그 사람과 데이트하지 않는다. 그것과는 상관없이 그 사람의 미래에 소나기처럼, 우발적인 사고처럼 들어찰 선물들, 시차를 두고 멋지게 교환될 마음들이 궁금해진다.

*

외모와 성격, 생활 습관까지 나와 모든 것이 반대인 나의 쌍둥이 동생은 얼마 전 메구로구에 있는 나카메구로로

이사했다. 쌍둥이의 도쿄 생활은 올해로 7년째인데, 대학을
졸업하기 전까지 쌍둥이는 신주쿠구의 시나노마치에 살았고
나는 그곳에 자주 가 보고 싶었음에도 불구하고 상황이
여의치 않아 딱 한 번 가 보았다. 쌍둥이가 살았던 그 작은
집의 작은 창을 열면 빨갛게 빛나는 도쿄 타워가 보였다.

　　우리는 초등학교부터 고등학교까지 심지어 고등학교에
있던 야간 자율 학습실에까지 같이 다녔는데, 집에서도
같은 방 같은 욕조를 썼고 같은 음식을 먹었다. 쌍둥이로
살면 어떤 기분이냐는 질문을 당시 친구들로부터 많이
받았었는데 나는 그럴 때마다 되묻곤 했다. 쌍둥이로 살지
않는 건 어떤 기분이야? 태어나 한 순간도 쌍둥이가 아닌
적이 없었기 때문에 나는 쌍둥이로 사는 감각이 무엇인지
몰랐고 쌍둥이로 살지 않는 감각이 무엇인지도 몰랐다. 두 삶
사이에 어떤 차이가 있을지도 몰랐다. 실제로 정말 없을지도
모르고 말이다.

　　어쨌든 우리는 달라도 너무 달라 (MBTI를 맹신하지는
않지만 우리는 네 영역이 전부 반대다. 나는 INFP, 쌍둥이는
ESTJ형.) 고등학생 때까지 사소한 일로 자주 다투는
편이었는데, 쌍둥이가 도쿄에 있는 대학에 다니기
시작하면서부터 거짓말처럼 사이가 좋아졌고 애틋해졌다.
우리의 의지와 상관없는 구체적인 그리움이 우리를

부드럽게 한 탓인지, 우리는 7년째 자주 통화하고 자주
서로를 궁금해한다. 서로의 일상사, 연애사, 도쿄와 서울의
사진들을 교환하고 저장하고 오래 들여다본다. 우리는 이
행위를 통해, 서로가 모르는 서로의 크고 깊은 부분들이
강화되고 깎여 나가는 것을 서운해하는 동시에 이렇게
말하고 있는 것만 같다. 나 너 없이 어른이 되어 가고 있어.
너 없이 네가 모르는 많은 새로운 사람들을 사귀고 있어.
너 없이 내 생활을 잘 꾸려 나가고 있어. 내 단골 카페, 내
플레이리스트, 내 우울과 내 기대감이 너와는 상관없이
생기고 있어. 쌍둥이로 살면 어떤 기분이냐는 질문을 다시
받는다면 이제 이렇게 답할 것이다. 오래 붙어 있다가 오래
떨어져 살게 될 경우 다른 자아를 갖게 되는 기분이라고, 또
그것의 얼굴을 바라볼 때 모래처럼 섞여 들고 충돌하는 많은
힘과 감정들을 불쑥 거느리게 되는 기분이라고.

　방금 가벼운 지진이 있었어. 침대가 흔들렸어. 쌍둥이는
무서운 말을 웃으면서 했다. 쌍둥이가 아직 시나노마치에
살았을 무렵 어느 가을밤의 통화. 연덕, 지금 여기서
불꽃놀이 한다. 엄청 예뻐. 쌍둥이가 연신 우와 우와
감탄사를 뱉었다. 나는 이어폰을 통해 바다 건너에서 팡팡
터지는 불꽃을 전해 들었다. 쌍둥이는 아마 커튼을 열어 젖힌
채 방충망 너머에 시선을 고정한 채 핸드폰 스피커 부분을

창 끝에 열심히 대고 있었을 것이다. 무엇이 전해지고 무엇이 전해지지 않을지 어렴풋이 느끼며, 반쯤은 감탄하며 서 있었을 것이다.

한달 전 패션 회사에서 광고 회사로 이직한 쌍둥이는 요즘 자신이 직접 만든 아침밥 사진을 주로 보내 준다. 토마토와 아보카도, 닭 날개, 계란과 딸기가 주를 이루는 쌍둥이의 정갈한 그릇과 식탁. 베란다에는 이케아에서 사 온 나무 마루도 깔았다며 사진을 보냈다. 잘 가꾸어진 싱싱한 화분도 구석에 놓여 있었다. 의자랑 테이블은 체인가구점 니토리에서 샀어. 내일 친구들이 집에 놀러 오기로 했는데, 여기서 바베큐도 할 거야. 내 작은 방과 옷장도 겨우 치우는 나와는 완전히 다른 사람이라고 생각하기는 했지만, 식사와 생활 공간을 이렇게나 잘 꾸려 가는 모습이 새삼스레 신기해 나는 엄마에게도 나카메구로에서부터 전송된 사진 여럿을 보여 주었다. 너라면 땀 뻘뻘 흘려 가면서 이런 나무 바닥은 절대 안 깔 거야. 하지만 걔는 유리 공예 같은 건 죽어도 안 하겠지. 엄마는 말했다.

그때 네가 보내 준 사진 있잖아. 베란다 사진. 거기서 밖을 내다보면 어떤 기분이 들어? 이 글을 쓰기 전 쌍둥이에게 물었다. 언덕 여기서도 도쿄 타워가 보인다? 하늘색이 넘 이쁘다는 생각도 들고 도쿄 한가운데에 있구나…… 라는

생각, 그리고 성공하면 회사 옆에 있는 타워맨션(아파트)에
꼭 살고 싶다는 생각. 뭔가 감성이 없다. 미안······.

아냐, 좋은 답변 같아. 나는 쌍둥이에게 답장을 보냈다.
쌍둥이의 성공적인 집밥, 성공적인 플레이리스트와
성공적인 이직 생활을 기원하며.

혜덕, 너의 나카메구로에, 너의 도쿄 타워와 너의
마룻바닥에 남산 타워의 사랑을 보낸다.

*

천주교 신자도 아닌데 성당과 성당의 앞마당, 색색의
봉헌초를 좋아한다고 말하면 이상해 보일까. 2년 전, 성당과
바로 맞은편에 있는 아파트로 이사 온 뒤 봉헌초함에
봉헌초 넣기는 나의 소소한 취미가 되었는데, SNS에 봉헌초
사진이나 이야기를 자주 업로드해서인지 나를 천주교
신자로 오해하는 사람들도 종종 있었다.

봉헌초함이 가득할 때 내 것을 넣는 것은 싫어 수요
미사나 주일 미사가 있을 때는 거의 성당에 들르지 않지만,
가끔 주일 저녁에 성당에 들어가 볼 때도 있다. 아침에
한꺼번에 선택되었을 초들이 바닥을 보이며 타고 있는

모습을 보려고. 조용한 사람들처럼 검어진 심지를 보려고.
친구들이 집 근처로 놀러 오면 가끔 성당 앞마당으로 데려갈
때도 있는데, 친구들이 어떤 색의 컵초를 고르는지 어떤
표정으로 불을 붙이는지, 소원을 내게도 말해 주는지 끝내
말해 주지 않는지 지켜보는 것을 좋아한다.

작년 6월, 은희경 선생님의 소설 창작 수업에서 봉헌초와
봉헌초 고르기에 관한 소설을 썼다. 제목은 「분홍색 봉헌초
하나가 남아 있는 기분과 흰색 봉헌초 하나가 남아 있는
기분」.

끝으로 그 소설의 몇 대목을 옮겨 둔다. 수업 시간에 돌려
읽고 어디에도 발표한 적 없는 소설이므로, 봉헌초에 관한
대목은 전부 내 이야기이므로.

봉헌초를 처음 넣기 시작한 건 '신비로운 기운에 스스로를
기대고 싶은 마음'이라기보다 그것이 무슨 마음인지 궁금해서,
그러니까 무언갈 강렬히 염원하는 마음이 궁금해서였다.
(……) 성당에 가 본 적도 미사를 드려 본 적도 없지만, 철문
밖에서도 환하게 빛나고 있는 봉헌초함이 눈에 띄었다. 기도를
해야겠다는 생각은 아니었다. 확실한 뭔가를 느끼고 싶었던
것도, 확실한 건 뭐라도 잊고 싶었던 것 같기도 하다. 문을 밀고
들어가 함 앞에 서니 종교적인 느낌보단 꼭 거대한 케이크나

부화 상자 앞에 선 것 같았다. 예뻤다. 일렁이는 불빛이 창백한 마리아상에 크고 작은 그림자를 만들었고, 마리아의 옷자락과 손등, 가슴에 음각된 하트가 밝아졌다 어두워졌다를 반복했다. 숨을 죽였다. 마리아상 옆에는 이름 모를 나무 한 그루가 서 있었는데, 빛이 닿기엔 너무 멀리 있어 그런지 잎사귀가 더 어둡고 차가워 보였다.

〈컵초 1000원〉. 계단을 올라 유리문을 열고 들어가니 나무 선반에 가지런히 놓인 컵초들이 보였다. 손바닥 하나에 쏙 들어오는 투명한 컵에 대충 굳혀 만든 초였다. 파랑 빨강 노랑 하양 분홍 다섯 가지 색이었는데 나는 마침 하나 남아 있던 분홍색 초를 집어들었다. 성당에서까지 미신 같은 기분을 느끼는 것이 이상했지만, 어쨌든 하나 남은 색에 더 많은 행운이 남아 있을 것만 같아서 혹은 나를 위해 남겨져 있던 초 같아서.

봉헌초함에 달린 서랍을 여니 불을 옮겨 붙일 수 있는 얇은 막대가 보였다. 심지에 불을 옮겨 붙이고 초들이 빽빽하게 늘어선 가운데 칸 대신 맨 위 칸에 올렸다. 허무하게도 분홍 초는 함 여기저기 꽤 많이 놓여 있었다.

그 뒤로 동네를 걷다 성당에 들어가는 것은 나의 소소한 취미가 되었다. 소원이 없을 때에도, 뜨거워지고 싶달지 뜨거운 마음이 궁금하달지 하지 않아도 기분 전환이 필요할 때 들어가

보곤 했다. 초의 색을 고르고, 천 원을 꺼내 입구가 헐거운
상자에 넣고, 봉헌초함을 드륵 열어 초를 놓을 자리까지 정하는
순간이 좋았다. 눈을 감고 중요한 것들과 중요하지 않은 것들을
빌고, 또는 아무것도 빌지 않고, 함에서 한 발짝 떨어져 환하게
타고 있는 나의 초를 바라볼 때면, 내 몫의 작은 결정권을
행사한 기분이 들었다.

초의 색깔은 그날그날의 기분에 따라 즉흥적으로 골랐지만,
대부분 하나 남은 색의 초를 집어들었다. 빨강이 남아
있으면 빨강, 노랑이 남아 있으면 노랑. 다섯 가지의 색 중 더
좋아하거나 덜 좋아하는 색이 없었을뿐더러, 특별히 좋아하지
않는 색이어도 하나가 덩그러니 남은 모습을 보면 단번에
마음이 끌렸다.

그렇다고 미사를 드리거나 성당 깊이 더 들어가 본다거나
하지는 않았다. 봉헌초 넣기에 막 재미를 느끼기 시작했을
무렵, 밤에 남아 기도하시던 수녀님과 마주쳤는데 어쩐
일로 오셨나요? 그분의 부드러운 목소리에 도망치듯 성당을
빠져나왔다. 내가 정한 나만의 공간은 봉헌초함이 놓인 성당
앞뜰부터 컵초 선반이 놓인 성당 입구까지였다. 그 이상은
들어갈 생각도 욕심도 나지 않았다. (후략)

2020년 7월 15일

　단골이 되는 건 사랑에 빠지는 일과 얼마나 비슷하고
또 얼마나 다를까. 'ㅁ' 카페, 'ㅇ' 와인 바, 'ㅍ' 와인 바는 한
주에 적어도 한 번, 많으면 서너번 이상 방문하는 내 단골
가게들로, 모두 집에서 도보로 15분 이내 거리에 있는 내
비스듬한 빛이자 가까운 마음들이다.(그곳들끼리의 거리 역시
가깝다.) 나는 첫 방문에, 그러니까 가게 문간에 처음 발을
들여놓자마자 이곳의 단골이 될 것을 직감할 때도 그렇지
않을 때도 있는데, 역시 예감 그대로 단골이 될 때도 그렇지
않을 때도 있다. 단골이 되리라고는 예상치 못했는데 어떤
계기로, 혹은 계기 없이 오랜 단골이 될 때도 있고 말이다.
하지만 대부분의 경우, 첫눈에 쉽게 사랑에 빠지곤 하는 내
습성대로 나는 내 단골 가게들을 한눈에 알아보는 편이다.

'ㅁ'카페에 처음 방문한 것은 재작년 4월로, 이 동네로
이사 온 지 겨우 두 달이 지났을 무렵이었고 카페는 오픈한
지 한 달이 채 지나지 않았을 때였다. 햇빛이 부드럽게
부서져 들어오던 입구 쪽 자리에 앉아 막 나온 스콘을
반으로 갈랐을 때, 안쪽까지 진한 개나리색이다 생각했을
때, 유리함에 부드러운 돌멩이들처럼 들어찬 마들렌과
파운드케이크를 번갈아 보았을 때 나는 내가 앞으로도 이
곳의 문을 자주 열게 될 것을, 안전한 냄새로 가득한 유리함
앞에 서성이고 그날의 기분에 따라 자리를 고르고 늦은
시간까지 머물다 가게 될 것을 알았다. 가로로 길게 트인
네모난 창을 통해, 조금 어두운 카페의 조명을 통해 네모낳게
소분된 여러 계절을 보게 될 것이라고. 외벽과 식물, 뒷사람
이야기를 약간 놓칠 만큼의 테이블 간격, 투박한 보온병이
구멍 많은 내 글쓰기에 분명 미미한 영향을 미칠 거라고.
　실제로 나는 이사 온 뒤 이곳에서 가장 많은 양의 시를
썼는데, 카운터 안에서 토마토를 썰고 커피를 내리고 때때로
어떤 생각에 잠겨 가만히 서 있는 사장님들은 시를 쓰는
나에게 거의 말을 걸지 않았다. 안녕하세요, 또 오셨네요,
커피 드릴게요, 감사합니다, 안녕히 계세요, 외의 말을 거의
나누지 않던 사장님들과 내가 처음으로 다른 온도의 대화를
나누게 된 것이 언제였는지 정확히 기억나지는 않는다.

다만 기억 사이사이 울퉁불퉁 솟아 있는 순간들, 흐린 불빛
모양으로 돌출된 형태의 대화들은 몇 가지 있다. 스콘이 조금
남았는데 싸 드릴게요, 저도 조르주 페렉 좋아해요(『공간의
종류들』을 챙겨 갔을 때 커피 잔과 함께 사장님이 불쑥 내려놓고
가신 말씀), 머리 스타일 바꾸셨네요, 오늘은 자리가 없어요,
같은. 그리고 시간이 쌓일수록 어떤 대화들보다 두터워지는
인사와 표정, 느슨하게 합의된 침묵. 그것만으로 충분한
거리와, 불빛이 잠깐 일어도 다시금 어둡게 이어지는 평화
같은 것. 그런 순간들은 어떤 사건도, 특별한 돌출부도 없이
조용하게 이어지는 시간을 견디는 시 쓰기 같다.

작년 2월, 사장님들을 위해 한겨울 노팅힐의
벼룩시장에서 하늘색 접시를 골랐다. 왜였는지는 잘
모르겠다. 먼 나라의 가판에 놓인 작은 접시, 아기 천사가
환하게 음각된 그 접시를 보자마자 단번에 'ㅁ' 카페의 것인
것을 알았다. 오래 비워 둔 자리에 어느 순간 새 문장 새
단어를 채워 넣듯, 다른 문장으로는 대체될 수 없는 결정적인
미래의 문장을 떠올리듯, 이름도 모르는 나의 사장님들께
천사를 선물해 드렸다. 두 분은 그것을 가끔 접시 받침대에
세워 두신다.

*

    단골로 2년을 보낸 'ㅁ' 카페와는 달리 'ㅇ' 와인 바를
다니기 시작한 지는 한 달, 'ㅍ' 와인 바를 다니기 시작한 지는
이제 두 달밖에 지나지 않았다. 그러니 나는 두 가게와 이제
막 한 계절을 보낸 셈인데, 그보다 훨씬 오랜 시간을 겪어 온
기분이다. 카페 사장님들과는 다른 식의 거리가 'ㅇ', 'ㅍ' 와인
바 사장님들과 형성되었기 때문인데, 와인 바는 내게 작업
공간이라기보다 다른 온도의 공기와 활기, 새 작업에 대한
열망을 예기치 않게 불어넣어 주는 공간이기에 그렇다. 물론
바 테이블에 앉아 시를 쓸 때도 있지만, 나는 주로 그곳에서
사장님들과 이런저런 이야기를 나누거나 책을 읽거나, 초에
붙은 촛불과 촛농을 곰곰 지켜보거나 아무것도 하지 않는다.
그럼 꼭 잔물결처럼, 커튼 자락처럼 풍부해지는 것이 있다.
드나드는 대화나 표정, 자세와 감정의 종류가 다양해지는
것이다. 'ㅁ' 카페 사장님들의 이름, 사장님들 간의 관계를
2년이 지나도록 모르고 있는데 'ㅇ', 'ㅍ' 와인 바 사장님들의
이름, 사장님들 간의 관계(어떻게 만났는지, 어떤 사이인지,
어떻게 동업하게 되었는지)를 벌써 알게 되었다고 하면 차이가
확연히 드러날까. 두 가게의 사장님들 역시 나를 '연덕
씨'라고 부른다.

6월 초, 'ㅇ' 와인 바에 처음 방문했던 저녁이 떠오른다. 해 지기 전의 이른 시간이었고 골목에서 골목으로 미지근한 바람이 불던 날이었다. 나는 동네를 한바퀴 돌며 산책 중이었는데, 집으로 돌아가는 길목에 반짝이던 금빛 간판 앞에서 정말 즉흥적으로 그곳 문을 열고 들어갔다. 층층이 붙어 짧은 저녁을 버티던 벽돌, 여러 다발 튤립과 함께 상호명이 커다랗게 적혀 있던 간판. 그때는 몰랐지만, 돌이켜 보면 건조하게 흘러가던 나의 일상에 무언가 재미있는 사건을 초대하고 싶었던 것도 같다. 그리고 알 수 없는 예감 속에 어쩌면 그렇게 될 것을 이미 알고 있기도 했다.

가게에는 나와 ㅎ 사장님 둘뿐이었는데 내가 방문한 시간이 우연찮게도 가게 오픈 시간이었다. 세워 둔 전등의 무늬에서부터 천장에 달린 등유리, 와인 병에 꽂혀 있던 조화까지 가게 여기저기 튤립이 가득했다. 이토록 투명하게 또 확실하게 '좋아하는 수호 식물'을 내비치는 곳이라니. 나무 선반에 주렁주렁 매달린 와인 잔들, 단정한 침묵과 흰 리넨이 이토록 어울리는 초여름이라니. 나는 바 테이블 왼쪽에서 두 번째 자리에 자리를 잡았다. 화이트 와인을 시켰고 첫 방문만에 사장님의 본가, 지금 사는 곳, 이곳에는 적을 수 없는 가게의 귀여운 비밀을 알게 되었다. 다음 손님이 들어왔을 때 나는 바로 일어섰는데, 그 후로 '오픈

시간부터 두 번째 손님이 오기 전까지의 짧은 사이'가 내가
정한 그곳에서 머무는 제한 시간이 되었다.

친구들과 가는 것이 아니라면 붐빌 때는 가고 싶지
않았는데, 그래서 한동안 오픈 시간에만 갔고 몇 번의 방문
후 '마감 한 시간 전'에도 가기 시작했다. 사장님들은 이제
내가 무언가 달라고 하기도 전에 화이트 와인을 내주었고
때때로 가게의 메뉴나 메뉴판, 인테리어에 관한 의견을
묻기도 했다. 내가 늘 앉던 바 테이블 왼쪽에서 두 번째
자리에 앉을 때면 ㄱ 사장님은 "지정석이네요." 말하며
웃었다.

이 글의 시작을 꽉 쥐고 있는 마음이자 신비하고 독특한
우정을 상상하게 한 곳, 올해 5월부터 한 주도 빠짐없이
찾아가고 있는 'ㅍ' 와인 바에 대해서도 이야기해 보려고
한다. 'ㅍ' 와인 바에 처음 가게 된 것은 경동의 군 입대
전 마지막 동기 모임 덕분이었는데, 동기들은 근사한
곳에서 경동을 배웅할 생각에 한껏 들떠 있었고 마침 슬기
언니가 반려견 멍멍이와 함께였다. 여의치 않다면 어쩔 수
없지만, 그래도 반려견 동반이 가능한 와인 바가 있으면
좋을 것 같아, 언니는 말했고 그렇게 내가 알아보게 된
곳이 'ㅍ'이었다. 'ㅍ'은 한적한 주택가로 둘러싸인 서촌

골목과 어지러운 장미 덩굴을 한참 지나야 발견할 수 있는 곳이었는데, 한옥을 개조해 공간마다 다른 분위기를 조성해 둔 'ㅍ'에는 엄청나게 힙한(!) 음악이 흘러나오고 있었다. 그곳의 사장님들 중 한 명이었던 ㅂ과 얼마 지나지 않아 막역한 친구 사이가 되리라는 것을 나는 그때까지만 해도 알지 못했다.

완전히 어둡지도 않고 붐비지도 않는 'ㅍ'이 어떨지 궁금했던 나는, 며칠 후 오픈 시간에 맞추어 그곳을 다시 방문했다. 손님은 나뿐이었고, 적막한 공기 희끗한 먼지 속에서 맥주잔을 정리 중이던 ㅂ 사장님과 이런저런 이야기를 나누게 되었다. 가게 이야기, 여행 이야기, 신앙 이야기, 연애 이야기. 시를 좋아한다는 사장님에게 시집을 빌려주겠다고 약속했고, 그날 돌아와선 시집만 꽂혀 있는 내 방 책꽂이 앞을 오래 서성였다. 사장님에게 어떤 시집이 좋을까, 요즘 시집을 처음 읽는 사람에게는 어떤 것이 적당할까. 사장님과의 길고 이상한 대화를 떠올리며 고민했다.(결국 김승일, 강성은 시집을 택했는데 사장님은 예상대로 두 시집을 모두 좋아했다.) 그렇게 사장님과 친구가 되고 'ㅍ' 와인 바는 마감 직전에 더 자주 가게 되었다. 약한 전등 빛에 의지해 자정까지 책을 읽으면 ㅂ 사장님은 창고의 박스 더미에서 조명을 가져와 달아 주기도 했고 빈 잔에

맥주를 조금 더 따라 주기도 했다. 아주 가끔은 스쿠터를
태워 주었다.

*

　다시 처음으로 돌아와, 단골이 되는 건 사랑에 빠지는
일과 얼마나 비슷하고 또 얼마나 다를까. 얼마만큼의 기쁨과
얼마만큼의 실망, 얼마만큼의 망설임이 걸음 사이사이
들어차 있을까. 어느 정도의 자세함이 필요하고 어느 정도의
무심함이 필요한 걸까. 거리 조절은 어떻게 해야 하는
것일까.
　단골이 되기 위해 설정하고 찾아간 시간대가 있다.
너무 자주 가는 건 아닌가 싶어 한 주에 몇 번이나 갔는지
손가락을 펴고 계산해 본 적이 있다.(실제로 'ㅇ' 와인 바의 ㄱ
사장님은 나와 친해진 후 '혹시 괜히 여기 와야만 할 것 같은 압박감'
같은 것이 있었냐고 물었다. 그랬죠, 당연히 그랬어요, 나는 답했다.
너무 자주 가는 건 아닌가, 반대로 '단골인데 이쯤 되면 또 가야 하는
게 아닐까' 고민하게 되는 초기 타이밍이 있다고. 그 복잡미묘함을
넘어서야, 무겁고 귀엽고 조금은 흐릿한 감정들을 이겨 내야 완전한
단골이 되는 것 같다고 말이다.) 단골로 확정되는 순간이 있고,

웃기면서 멋진 장면들을 예기치 않게 나누게 되는 순간이
있고, 슬프게도 모든 관계 모든 시공간이 소멸되어 버리는
순간이 있다. 이런 일련의 과정들이 나에게는 사랑과 같아서,
깨질듯 환한 단골 가게를 갖게 되면 들뜨고 기쁘면서도 한편
무척 쓸쓸해진다.

　하루 일과도 모르고 때로는 이름도 모르는데 어쩌면 가장
내밀한 시공간을 공유하는 사이. 공유되지 않아도 될 것들
공유해 더 소중한 사이. 비죽 솟아오른 서로의 멍한 눈빛들을
부드럽게 낭비하는 사이. 단골손님과 사장님의 사이는
이런 사이가 아닐까. 어쩌면 단골이란 '그곳에 간다'는
느낌, 나만의 익숙한 시공간이 있다는 느낌, 그곳의 천장과
벽과 테이블과 의자에 자연히 녹아든다는 느낌을 구매하는
것일지 모른다. 그래서인지 어느 순간 사장님의 이름을
알게 되었을 때, 사장님과 인스타그램 친구가 되었을 때,
사장님이 내 일상의 다른 면 다른 빛깔들을 알게 되었을 때
이 비밀스런 관계가 새 국면으로 이어지고 지속되는 것 같다.

　가게가 사라진 경우, 내가 이사하게 된 경우, 너무
유명해져 더 이상 나만의 공간이 아니게 된 경우, 혹은
아무 이유 없이 그렇게 된 경우. 제각기의 이유로 단골과
단골 가게는 소멸되기도 한다. 수많은 가게들을 사랑했고

꾸준하게 잃었지만, 종이 상자나 양철통에 보관해 둔 오래된 편지들 가끔 꺼내 읽듯 지금껏 기억하고 있는 과거의 단골 가게들이 몇 군데 있다. 스물한 살에 자주 가곤 하던 일본 가정식집이 그중 한 곳인데, 끝으로 이 가게 이야기를 하고 싶다. 내가 떠나기 전에 나를 먼저 떠난 곳이자 이 공간이 곧 사라질 것이라고, 지금까지 와 줘서 고맙다고, 이제 인사할 시간이라고 예고해 준 유일한 가게였기 때문이다.

스물한 살 연말, 그곳에서 일하던 마나미 언니는 본가인 후쿠오카에 다녀왔다며 일본어가 잔뜩 적힌 과자와 초콜릿 꾸러미를 내밀었었다. 언니는 내가 종종 이곳에 케이크나 과자를 사 오던 것이 좋았다고, 따뜻하고 맛있었다고, 그래서 자신도 무언가 주고 싶었다고 했다. 2016년이 오기 전에 이곳이 사라진다는 이야기와 함께. 바 테이블 안쪽에 걸려 있던 프라이팬과 차곡차곡 겹쳐 있던 각기 다른 유리잔들, 창밖을 꽉 채우던 눈보라와 어딘가 바쁘고 무한하던 어둠, 알 듯 모를 듯 미소 짓던 언니의 얼굴이 지금도 생생하다.

어쩌면 모든 사랑의 이름은 단골. 한 군데에 내 계획이나 무게 중심보다 오래 머물게 되는 말과 몸, 모든 형태는 사랑. 그렇기에 카페나 와인 바, 식당이나 서점, 목욕탕과 운동장과 꽃집 외에 내가 좋아하는 작가, 좋아하는 가수, 좋아하는

습관들 역시 어떤 면에서 내 구석진 단골이라 할 수 있지
않을까. 좋아하는 작가의 책만 다 골라 읽거나 좋아하는
아티스트의 음악만 다 찾아 듣다가 어느 순간 읽기와 듣기를
멈추게 되는 순간들도, 단골의 시작, 단골의 소멸과 닿아
있는 부분 아닐까.

　어느 봄, 나는 내 단골 가게들에 찾아가 실시간으로
사장님들을 직접 그렸다. 그리며 깨달은 것은, 그동안 내
그림의 대부분이, 즉 내 그림에서 단골인 영역이 상당
부분 '멈춰 있는 사람들'에 가 있었다는 것이었다. 내가 왜
미술관과 지하철, 강의실에서 사람들(작품 앞에 멈춰 있는
사람들, 자리에 앉거나 문가에 기대거나 손잡이를 잡고 가만히 서
있는 사람들, 커다란 칠판에 시선을 고정한 채 앉아 있는 사람들,
뒷모습만 보여 주는 사람들)을 자주 그렸는지, 사장님들을
그리는 것이 왜 익숙지 않은지를 깨달았다. 그들은 움직이는
사람들이었다. 주문을 받고 계산을 하고 와인 잔을 닦는,
끝없이 다른 몸이 되어 가는 사람들. 절반의 어둠과 절반의
활기로 움직이는 사람들을 나는 거의 처음 그리는 거였다.
단골 사장님들을 그리며 찾아온 낯선 감각이 아직은 나에게
빠른 기분이었다. 단골 가게의 사장님들을 그리며, 나는
강의실에서 멈춰 있는 사람들을 함께 그렸다. 습관적으로 또
단골을 찾은 것이다. 마음의 균형을 맞추려고, 불쑥 찾아온

많은 사람들 앞에 태연하게 보이려고, 다음 시를 쓸 준비를 하려고. 그러니까 심호흡을 하려고. 나는 이제 움직이는 사람들도 잘 그리고 싶다. 새 문을 열고 싶고 새로운 사랑을 익히고 싶다. 지금부터 틈틈이 연습할 것이고, 이곳에 내 무게 중심보다 오래 머물러 볼 것이다.

2020년 9월 24일

작년 12월로부터 4킬로그램이 늘었다. 그간 특별히 많이
먹거나 덜 움직인 것 같지는 않았는데,(작년에 비해 술자리가
잦기는 했다.) 갑자기 늘어 버린 체중에 당황스럽고 놀랐다.
상태를 자각하고 잔뜩 심각해진 나는 "결심했어. 연말까지
8킬로그램 정도는 뺄 거야." 가족과 친구들에게 호기롭게
선언했다. 내가 말하면서도 나는 내 선언이 아주 뜬구름
잡는 소리로는 여겨지지 않았는데, 이미 2년 전 걷기와 식단
조절만으로 9킬로그램 감량에 성공한 적이 있기 때문이었다.
그때 그랬던 것처럼, 굳게 마음 먹은 이상 내 모든 관심이
체중 감량에 쏠릴 것은 분명해 보였다. 몇주 익숙해지면
습관이 될 것이고, 그럼 내년이 오기 전 내 작은 목표를 이뤄
낼 것이었다.

문제는 운동할 시간을 따로 내기가 어렵다는 것이었는데,
최근 시작한 외부 사설 강의와 졸업 작품 준비, 원고 마감,
시집 묶기 등 9월이 되자마자 몸이 세 개라도 모자랄 만큼의
정신없는 일정이 달력 한 장에 빼곡히 들어찬 것이다.
어영부영 하루를 보내다 보면 저녁엔 녹초가 되어 잠들기
일쑤였고, 너무 늦은 시간에는 여자 혼자 동네 곳곳을
돌아다닐 엄두가 나지 않았다. 그래서 떠올린 것이 '아침
산책'이었다.

　　동네에 자주 걷는 산책 코스가 있다. 경복궁에서
삼청동, 삼청동에서 안국동, 안국동에서 종각, 종각에서
광화문, 광화문에서 다시 경복궁으로 돌아오는 코스, 혹은
경복궁에서 부암동 산자락까지 걷는 코스, 혹은 경복궁에서
정동, 정동에서 시청을 돌아 다시 광화문 일대를 걷는 코스.
오늘 어떤 길을 택해 걸을 것인가는 그날그날의 기분에 따라
즉흥적으로 정하곤 했는데, 첫 아침 산책도 마찬가지였다.
나는 밤이면 일찍 어두워져 늘 아쉬운 마음으로 발걸음을
돌리곤 하던 정동과 시청 주변을 걸어 보기로 했다.
　　정동은 나에게 묘한 감상을 불러일으키는 동네인데, 정동
길목에 있던 이화여고에서 수능 시험을 보았었기 때문만은
아니고(시험을 보고 나왔을 때 고동색 보도블록에 은행잎들이

어색한 기쁨처럼 들러붙어 있던 것이 생각난다.) 20대 초반에 덕수궁을 혼자 질리도록 다녔기 때문이었다. 그때는 이 주변에 살지도 않았는데 시청역까지 번거롭게 지하철을 갈아타거나 광화문역에서 주구장창 걸어오거나 하면서 궁에 종종 들렀다. 덕수궁에 왜 그렇게 끌렸던 것일까. 확실하지는 않지만 경복궁만큼 외국인이 많거나 복잡하거나 덥지 않아 좋았고, 창경궁만큼 넓지 않아 좋았다. 무엇보다 석조전과 석조전 계단, 분수가 궁에 들어와 있다는 것이 좋았다. 석조전 계단에 한 시간이고 두 시간이고 앉아 조용히 솟구치는 물줄기를 바라보다 보면, 내 안에 엉켜 있던 모든 상념과 모든 슬픔, 설명할 수 없는 가늘고 난폭한 열기들이 차례로 가라앉는 기분이 들었다. 나 하나 감당하며 사는 것이 부담스럽고 쓸쓸했을 때, 때로는 내가 이야기하거나 느끼는 감정만큼 살아 내지 못했을 때, 그게 너무 부끄럽고 옹졸하게 느껴져 끝없이 걷고만 싶었을 때, 이 모든 것을 들키고 쏟아 내도 괜찮을 오랜 친구에게 찾아가는 기분이었다. 주로 낮이나 이른 저녁, 해질 무렵이었던 것 같다.

그런 덕수궁에 아침부터 들어갈 생각을 하다니. 시계를 보니 오전 8시 50분이었고, 열려 있던 입구로 걸음을 옮기니 관리인 아저씨가 앞을 막아섰다. 9시에 매표소 창구가 열려요, 요 앞에서 조금만 기다리세요.

사람이 너무 많아 줄을 섰던 경우를 제외하곤, 궁에
들어가기 위해 멈추고 서성이고 기다려 보는 것은
처음이었다. 바람이 불었다. 고요했고 정수리로 잠깐 뜨거운
햇빛이 머물렀다. 9시가 되기까지의 10분이 생각보다 길게
느껴졌다.

덕수궁 문이 열리자마자 낯선 집에 들어서듯 조심조심
주위를 둘러봤다. 익숙하던 곳인데 이 시간엔 공기가 달랐다.
하늘이 높았고 발에 채이는 흰 모래와 나뭇가지들, 풀숲마저
옅게 긴장하고 있었던 것 같달까. 가방끈을 세게 쥐었다.
가장 좋아하는 석조전과 분수를 얼른 보고 싶었다.

분수는 정확히 9시에 반짝이는 물줄기를 뿜어냈다. 이른
저녁에 오면 간혹 분수의 물이 꺼져 있을 때가 있어 '오늘은
분수가 안 나올지도 몰라.' 마음의 준비를 한 채 커브를
돌곤 했는데, 아침에는, 특히 개장 직후에는 당연히 물줄기
부서지는 모습은 볼 수 없을지 모른다고 생각했는데, 꼭
이상한 암시나 선물 속을 유유히 걷는 것 같았다. 연두색
잔디와 진한 코발트색 분수 곁에 가까이 다가가 사진을
찍었다. 눈에 보이는 분수의 미세한 움직임이 전혀 담기지
않기도 했고, 반대로 눈으로는 보이지 않는 물방울의
흩어짐이 파편으로 사선으로 담기기도 했다. 솟구치는
물을 충분히 찍어서였을까, 생각보다 해가 강해 눈이

부서서였을까. 그날은 튀어오르는 물방울들 대신 분수
바닥에 고여 시간처럼 증표처럼 빛나는 물결들을 오래오래
바라보게 되었다. 숨을 고르자 계단과 나무들 너머로 치솟은
빌딩들이 보였다. 왠지 오늘 궁의 다른 얼굴을 본 것 같아.
나는 생각했다. 반은 들뜬 채, 반은 가다듬은 채 제시간에
나를 맞아 주긴 했지만, 어쩐지 잠이 덜 깬 얼굴, 날것의
푸석하고 환하고 귀중한 얼굴을 본 것만 같다고. 나는 그날
덕수궁에 30분가량 머물렀다. 30분 내내, 관리인들과 나만이
이 궁의 유일하고 비밀스런 산책자였다.

　궁에서 나와 광화문 방향으로 정동길을 따라 걷는 동안,
막 나온 빵 냄새가 코를 찔렀다. 얼마 전 남자 친구와 늦은
저녁 방문했던 카페 겸 빵집이었다. 그때는 마감 시간이라
빵이 거의 남아 있지 않았는데, 아직 훈기를 간직한 채
칸칸이 귀엽게 늘어선 빵들을 보니 새로웠다. 이 시간에 첫
빵이 나오는구나. 특히 둥글게 부풀어 오른 식빵에 단숨에
마음이 끌려 나는 무언가에 홀린 듯 유리문을 밀었다.
빵들 한가운데 서니 더 좋은 냄새가 났고, 무화과가 박힌
휘낭시에를 살 것인지 호두가 박힌 휘낭시에를 살 것인지 둘
모두 고르지 않고 다시 내려놓을 것인지 진지하게 고민하게
되는 순간이 좋았고, 가족들을 위한 것을 몇 개 고르는
동안 유리문 밖으로 바쁘게 움직이는 참새들이 보였다.

종이봉투에 담긴 빵을 품에 안고 가게 앞에 잠깐 앉았다.
참새들은 내가 다시 일어날 때까지 그곳을 떠나지 않았다.

*

아침 운동을 시작하자 궁금해진 것이 새벽 운동이었다.
두려움 없이 걸어다닐 만큼은 충분히 밝지만 사람은 없을 때,
건물들이 더 건물다워 보일 때가 어떤 기분일지 궁금했다.
그래서 그날은 새벽 5시에 알람을 맞춰 두고 6시가 되기 전에
집에서 나왔다. 이 시간쯤 나서면 서서히 밝아 오는 하늘을
볼 수 있을 줄 알았는데 이미 완연한 아침이었고, 돌아다니는
사람들만 없을 뿐(주말 새벽이라 사람이 더 없었다.) 손등에
볼에 고루 내려앉는 햇빛은 며칠전과 거의 같았다. 겨울이
되고 해가 짧아지기 전까지는 더 일찍 나와야지 싶었다.
어쨌든 기대했으나 막상 스며드는 감각이 새롭지는 않아
조금 허무해져 있었는데, 그때 나를 위로해 준 것이 바로
광화문의 빌딩 사이사이로 보이는 분홍빛 구름이었다. 눈을
가늘게 뜨고 자세히 들여다보니 분홍빛 테두리 안에는 또
몇겹으로 노란빛 주황빛 구름들이 들어차 있었다. 규칙 없이
여러 무게로 여러 속도와 피곤함으로. 꼭 건물과 건물 사이를

이어 주는 다리 같았다.

광화문을 지나 8시쯤 걸었던 영추문 앞 돌담길도 잊을
수 없다. 영추문에서 청와대 근처까지 올라갔을 때 가로수
주위에 둘둘 셋셋 떨어져 모여 있던 연둣빛 은행알들,
조깅하는 사람들과(희한하게 운동 나오면 운동하는 사람들이
제일 잘 보인다.) 강아지 산책 시키는 사람들. 일찍이 문 연
식당들, 아직 문 열지 않은 식당들. 기억에 남는 식당도 한
군데 있다. 몇 개 되지 않는 테이블마다 흰 천을 깔아 놓고,
어린 새 같은 리넨 냅킨을 놓아 둔 그곳은 거꾸로 세워 둔
물컵마저 작고 투명하고 아름다워 누구든 그 앞에 멈춰 서게
하는 힘이 있었는데, 나는 동네에 이런 곳이 있었는지 그
전에는 미처 알지 못했다. 지중해식 음식을 파는 곳이라고
했다. 나는 아직 문 열지 않은 그 가게 앞에 가만히 선 채
이곳에서 식사할 많은 사람들, 이곳에서 오갈 수많은 사랑과
논쟁과 약속들, 부딪힐 식기들과 음악들, 더러워질 티슈들,
커다랗고 붉은 빠에야 같은 것을, 그러니까 내가 모르던
풍경과 풍경의 세부들을 상상하기 시작했다.

*

　새벽 산책, 아침 산책과 함께 새로이 시작한 산책은 바로
'식탁에서의 산책'이라고 할 수 있겠다. 산책의 사전적
의미가 '휴식을 취하거나 건강을 위해서 천천히 걷는 일'
임을 고려했을 때 말이다. 나는 약 한 달째 '휴식을 취하거나
건강을 위한' 식단을 고민하고 또 실천하고 있는데,
탄수화물을 최소한으로 섭취하고 단백질을 최대한으로
섭취하는 것을 목표로 하되, 채소와 달걀 위주로 영양 성분을
체크하면서 먹는다.

　9킬로그램을 감량했던 2년 전에는 식단을 체계적으로
관리한다기보다 먹는 양을 극단적으로 줄이거나, 소량의
비슷한 식단만을 질리도록 먹었었다. 하루 종일 달걀만
먹거나 하루 종일 고구마만 먹거나 하는 식이었다. 영양에
대한 제대로 된 이해 없이 편중되어 있던 식단은 역시 오래
유지하기 힘들었고, 내게 안팎으로 많은 스트레스를 주기도
했다.

　산책하듯이, 산책하며 모르던 건물 모퉁이와 구름 빛깔과
아침 빵 냄새를 발견하듯이, 식단에도 나만의 규칙과 재미를
번갈아 부여해 보기로 했다. 소량의 채소들을 사 경우의 수를
조합해 보면서, 어떤 색으로 조합해야 더 맛있어 보일지

고민하면서, 찌거나 볶거나 구울 때 조금씩 달라지는 맛을
느껴 보면서, 다음 날과 다음다음 날의 조합들을 기대해
보면서 말이다. 내가 주로 택한 채소들은 가지, 브로콜리,
버섯, 양파, 당근, 방울토마토, 고구마, 단호박, 아스파라거스
등이었고 때때로 딸기나 사과를 곁들여 먹었다. 달걀과 두부,
닭가슴살, 흰살 생선도 이틀이나 삼 일에 한번은 꼬박꼬박
먹었다. 버섯이나 달걀을 먹을 때는 푸른 채소를 곁들여 먹는
것이, 두부나 닭가슴살을 먹을 때는 사과나 당근을 곁들여
먹는 것이 보기에 좋았다. 방울토마토는 거의 모든 음식에
어울렸고 신기한 즐거움과 생기를 주었다. 간단하게라도
재료를 손질하고 데치고 볶는 일은 산책에서 만나던
모든 사소하고 새로운 감각들, 소중하게 돌출된 장면들을
마주하고 느끼는 일과 꽤 비슷했다.

　나는 퀘스트 깨듯이 내 식단들을 틈틈이 찍거나 그리며
목록으로 수집하기 시작했다. 어떤 식단이 추가되어야 이
목록이 더 재미있어질지, 더 건강해질지, 더 멀리 갈 수
있을지. 다른 사람들이 본다면 굉장히 지지부진해 보일지
모를 고민을 진심으로 신나게 시작하게 됐다. 모르던 맛을,
모르던 풍경을 구석구석 산책하게 됐다.

*

아침 산책, 식단 산책 이후에 내 삶이 얼마나 달라졌냐고 묻는다면, 글쎄, 아직은 잘 모르겠어, 대답할 것이다. 산책을 시작했다고 해서 아주 멋지거나 드라마틱한 일이 삶에 일어나는 건 아니니까. 짠 하고 다른 사람이 되어 버릴 수는 없는 거니까. 하지만 이렇게 대답할 수는 있을 것 같다. 내일 마트에 가서 어떤 채소 살까 고민하면서 잠드는 거, 내일의 정동길에서도 참새들 몇 마리 만날 수 있을까 상상하면서 알람 맞추는 거, 내가 모르던 구름과 공기와 온도가 내일에도 내일 모레에도 분명히 있을 거라는 걸 알고 있는 거, 쓰고 싶어지고 알고 싶어질 풍경들이 무궁무진하다는 걸 새삼 느끼게 되었다는 거, 가지의 단면과 새송이 버섯 꼭지에서조차 긴긴 산책을 발견하게 된 거, 이런 것들이 나를 행복하게 해. 살아가게 해. 8킬로그램 감량이라는 목표보다 더.

2020년 10월 6일

　　남자 친구의 자동차에서 차가운 엔진 소리를 들을 때마다
생각한다.

　　사랑에 빠지면, 그의 사적인 공간들에 초대되거나 무심코
속하게 되면, 그 사람의 눈동자나 심장 안쪽, 나쁜 생각
안쪽을 알게 된 듯 가슴이 뿌듯하면서도 무거운 책임감을
함께 느끼게 된다고.

　　아주 오랜 시간이 지나야 작동할 내 안식처가, 슬픔이,
영영 미지로 남을 투명한 장소가 조금씩 시작된다고.

*

    안전과 차가운 빛과 엉망진창이 마구 뒤섞인 상태. 나는 누군가를 사랑할 때마다 일기에 '그'라는 사람, 그와의 일들, 그의 따뜻함과 지루함과 냉정함을 함께 기록해 두곤 했는데, 어떤 식으로든 '지금 현재'와의 환한 낙차를 느끼고 싶을 때마다(현재의 사랑이 만족스럽든 그렇지 않든) 주기적으로 이전 일기들을 읽어 보곤 한다. 이전 시간들, 사랑들 속으로 자진해 들어가 보는 것이다. 오늘을 기준으로 정확히 똑같은 작년 일자의 일들을 읽어 보기도 하고 날짜와는 상관없이 처음의 사랑부터 차례로 읽어 보기도 하고, 차례 없이 중구난방으로 이것저것 읽어 보기도 한다. 그 과정에서 여전히 고통을 느끼면서도 지금은 이 일들 바깥에 있다는 점에서 이상한 쾌감에 잠기기도 하는데, 아마 이것이 현재의 사랑과 나 사이에 일정 거리를 확보하려는 내 피곤하고 오래된 방식인 것 같다. 그 세계에 진입했다 빠져나오면 지금의 행복에 감사하게 되거나 반대로 지금의 불행에 연연하지 않게 되니까. 내가 스스로에게 가하는 윙컷(wing cut)인 것이다. 현재의 감각을 조금 잘라 내기, 어지러워지기, 과거로부터의 가위질로 현재의 사랑에 길들여지기.

    일기는 한 달에 적으면 네 번, 많으면 열두 번 정도

블로그에 공개로 쓴다. 사귀었던 애인들 중 내가 일기를 쓰면 쓰는 족족 읽으러 오는 사람이 있던 반면, 전혀 읽지 않았던 사람도 있었다. 열성적으로 읽었다가 읽지 않는 사람도 있었고, 읽지 않았다가 헤어질 즈음 폭발적으로 읽는 사람도 있었다. 보통은 내가 원하지 않을 때 읽고, 원할 때 읽어 주지 않았다. 애인들이 내 일기에 보이는 반응에 맞추어 일기를 쓰는 일은 생각보다 까다로웠는데, 그들의 반응에 의해 문장이나 감정이나 디테일을 조절해서 써야 하는 경우도 있었고 아무것도 적지 못하거나 거짓 감정을 연기해야 할 때도 있었기 때문이었다. 글을 쓰는 사람이 이런 부분에 휘둘렸고 지금도 휘둘린다는 점을 밝히는 것이 부끄럽지만, 이렇듯 쉽게 휘둘리는 것이 나이고 내가 가장 사랑하던 작업에서조차 애인과 애인의 표정, 애인의 건강이 가장 중요해지는 것이 나인데 어쩌겠는가 하는 생각도 든다. 글이 그렇게 완전하게 아름다운 매체도 아니고 말이다.

대하기 가장 어려웠으며 또 내가 가장 사랑했던 사람은 내 일기를 잘 읽지 않았다. 그럼에도 나는 나의 쓰기에 있어 자꾸 많은 부분을 들어내고 검열하게 되었는데 ○○을 읽지도 않을 그 사람을 위해 아무짝에도 ○○ 없는 감정과 정성을 쏟은 셈이다. 그 사람○ ○○이라도 나빠 보이게 하는 문장, 반대로 ○ ○○ ○람에게 조금이라도 나쁘게 군 것처럼

보이는 문장은 쓰고 싶지 않았다. 정확히는 내가 그러고
있다는 것을, 하지 않아도 될 노력을 하고 있다는 것을 그
사람이 알아주길 바랐다. 그러나 아이러니하게도 그 시절
썼던 이야기들을 다시 읽을 때마다 내가 억지로 치장해 둔
장면들 속에서 내가 도려냈던 풍경들, 대화들, 표정들만이
더욱 선명해진다. 제대로 타 버리지 않은 재는 생각보다 힘이
세다.

　어떤 사랑의 감정은 너무도 강렬한 동시에 그것에
비례하여 지나치게 섬세하고 복잡해, 잘라야 할 깃털이
어디쯤 있는지 어떤 가위를 골라야 하는지 한눈에 구분하기
어렵다. 이 시절을 지나온 내가 그랬다. 서로에게 잘
길들여지기 위해 어디쯤 물러서고 어디쯤 공존해야 하는지,
담은 어느 정도로 세워야 적당한지, 깃을 자를 필요가
있는지조차 몰랐다. 어쩌면 자를 필요가 있다는 것을 너무
알고 있었는지도 모른다. 그래서 손을 쓸 수 없었다. 돌이켜
보면 그때 만났던 사람 자체는 그렇게 복잡한 사람도
아니었는데 말이다.

*

공단 이야기를 해야겠다. 한때 내가 사랑했던 사람은
나보다 한참 어린 사람이었고 학교 생활과 편의점
아르바이트를 병행하던 사람이었는데 그 사람이 일하던
편의점에 가려면 아주 어둡고 으슥한 공단 길을 지나야 했다.
　　지금은 기억나지도 않는 일들로 싸워 우리 사이에
냉기가 돌았을 때였던 것 같다. 나는 안절부절이었고 그는
아무렇지도 않아 보였다. 떨어져 있었지만 느낄 수 있었다.
세상만사에 아무렇지도 않은 내가 그 사람만 만나면
안절부절이 되고 세상만사에 안절부절인 그 사람이 내
앞에서만 아무렇지 않은 얼굴을 만들 수 있다는 것이 비슷두부내 가
빠른 이후에 나, 네 지교에 기부터 가가 나서 버이엄써 이른
□세면 = 번니 나를 세렸었는데, 아썼 아5 해써 어 ɪə 나
멍노면 이야기 나눌 수 있을 텐데, 나는 그날 학교에서
수업을 틀르기 시기해 카아겠나고 결심했다. 어렵지 않은
결정이었다. 그를 당장 만나지 않으면　　　　같았다.
그래야 그의 마음을 돌릴　　을 것 같았고 그래야
오늘을 잘 살 수 있을 것 같았다.
　　그때 썼던 일기를 읽으면 편의점 길로 향하던 공단 길의
　　　　　　　는 세 줄 정도로 간략히 묘사되어 있다.

이후로는 편의점에서 그를 놀라게 하고 서로 장난치며
행복한 시간을 보낸 순간들이 삽화처럼 나열되어 있다. 나는
이제 공단 이야기를 하고 싶다. 그를 나쁘게 묘사하고 싶지
않은 마음 나를 나쁘게 묘사하고 싶지 않은 마음과는 무관한,
그때 내가 느끼 싶던 자가, 날것의 슬픔과 이질감에 대해
묘사하고 싶다. 이것이 내가 지금 사랑하는 사람, 아름답고
사랑 많은 나의 애인을 위한 윙컷이다.

　　그 길엔 가로등이 하나도 없었다. 간혹 아직 열려 있는
가게에서 용접 불빛이 올라왔는데, 그것에만 의지해 한 발 한
발 걸어야 했다. 가게들을 지날 때마다 기름 냄새가 희미하게
났고 여기저기서 구리와 철과 플라스틱이 부딪치며 갈리는
소리가 났다. 전에는 한 번도 걸어 보지 못한 길이었고
앞으로도 특별한 일이 있지 않는 이상 걸을 일이 없을 길일
것이다. 여러 번 떠올려 봐도, 여자 혼자 걷기엔 너무 위험한
길이었다.
　　빠른 걸음으로 8분 이상 걸어도 그 길이 끝나지 않았고,
당시엔 얼른 그 사람을 만나고 싶어 마음이 아프다고
생각했는데 아마 노곤함과 두려움, 묘한 설렘이 뒤섞인 채
이 말도 안 되는 길을 걷고 있는 스스로에게 마음 아팠던
것 같다. 누군가 듣고 있으면 표적이 될 것 같이 이어폰

양쪽을 빼고 걸었다. 한 손에는 비상 번호를 바로 누를
수 있게 설정해 둔 핸드폰을 쥐고 있었다. 이윽고 귓속을
찌르듯 날카롭게 들어오는 쇳소리. 철과 구리가 갈리고
뒤엉키고 다시 갈리는 너무도 날것의 소리. 현실의 소리.
나는 그 안에서 온전히 혼자였고 잠시 자유로웠다. 고립되어
진화되고 있었다.

*

　졸업 작품을 지도해 주시는 선생님과 공간에 대한
이야기를 나눈 적이 있다. 내가 시에 자주 끌고 오는 공간에
대해, 그 공간들을 아끼고 사랑하는 이유에 대해, 혹은
아끼지도 사랑하지도 않지만 도무지 알 수 없는 이유에 의해
그것들로 끝없이 시선을 던지게끔 하는 이상한 에너지에
대해.
　나는 목조 건물과 계단, 얼음 계곡과 함께 산에 대한
이야기를 했다. 선생님, 제가 다른 공간들에 대해서는 이해가
되거든요. 마룻바닥이 나무로 촘촘히 이어져 있던 거실이나
계단은 유년기의 익숙한 공간을 빌려 온 것이라 알겠는데,
산에 대해서는 내내 잘 모르겠어요. 현실의 산에 대해서라면

사실 좋아하지 않는 마음이 훨씬 크거든요. 다만…… 산의
모양이랄지 거기 오르는 사람들을 떠올리면 무겁고 이상한
기분에 휩싸이곤 해요. 원시적인 얼굴들. 전통적인 얼굴들.
혼자 사랑하는 얼굴들 같아요. 그때의 얼굴은 빛과 그림자를
동시에 품고 있어요. 그런 장면을 좋아하는 것 같아요.

　때로 그때의 풍경이나 사랑과 상관도 없는 것의 무게를
가늠하고 감당하느라 사랑은 망가진 채, 조금 성장한 형태로
진화한다. 서툰 가위질, 당위 없는 공간 설정, 날개, 기름
냄새 나는 으슥한 길을 걸었던 그렇게 어리지도 않았던 나,
그 길에서의 평화와 고립된 슬픔, 회복과 오해와 이해와
더한 오해, 어깨들, 훼손들, 남자 친구가 내게 주는 뿌듯함과
책임감, 상처와 안락함. 사랑은 이 알 수 없음의 무게를
견디는 매일매일의 육체적인 싸움 아닐까.

　완전히 성스럽지도, 완전히 세속적이지도 않은 어지러운
전투 아닐까.

*

　오늘은 공단 길의 낯섦과는 비할 수 없이 다정한 남자
친구를 만나는 날이다.

아주 오랜 시간이 지나야

아주 다른 사람이 되어야 작동할 내 안식처, 슬픔, 영영 미지로 남을 투명한 장소 속에서

미지를 미지로 남겨 두며 서로를 안으며 길들이며 훼손시킬 것이다.

자동차의 창문을 내리고 가로수의 푸른 어둠을 힐끗 바라볼 것이다.

---

* 이 글은 김지우, 임지지 2인전 「웡 컷」 도록에 수록한 글이다.

2020년 11월 1일의 짧은 일기

사랑하는 사람의 교회에서 같이 예배드렸다. 낮부터 비가 아주 많이 왔고 하늘이 어두웠고 그래서 나무 외벽으로 둘러싸인 예배당에 들어갔을 때 '방주 같아.' 생각했다.

내 옆자리에서 성경을 읽고 찬송가를 부르는 그를 보았다.

성경책 두고 온 내가 음정을 제대로 맞추지 못하고 헤맬 때마다 그가 자기 성경책을 조용히 건네주었다. 책갈피 끝이 여러 갈래로 갈라져 있고 표지가 이미 반들반들해진 푸른 성경책. 꼭 그를 만지고 있는 기분이 들었다. 찬송에 집중이 잘 되지 않았고 왜인지 이상한 온기가 느껴져 눈물이 날 것 같았어. 가족이 된 기분도 들었다.

다른 교회보다 정적이지? 사랑하는 사람이 물었다.

응, 그래서 좋아. 일반 예배랑 미사의 중간 단계에 서 있는 것 같았어. 요란하지 않아서 좋았어.

낯선 빛깔과 크기의 주보를 접어 가방에 넣었다. 손을 잡고 예배당을 나서는 동안 그가 서곤 했다던 성가대석이 아름답게 보였다.

예배 드리고 나와선 순대국을 먹었다.

그는 부추가 잔뜩 들어간 흰 순대국.

나는 다대기만 잔뜩 넣은 빨간 순대국.

2020년 11월 14일

성탄절까지 한 달하고도 열흘밖에 남지 않았다. 작은
전구로 둘러싸인 채 낮게 회전하며 소진되는, 시끄럽고
아름다운 기념일. 내가 성탄절을 얼마나 고대하는지, 1년
내내 이 날만을 생각하고 기다린다 해도 과장이 아닐만큼
사랑하는지 주변 사람들은 다 알고, 특히 내 남자 친구가 잘
안다. 해를 마무리하며 어떤 이야기를 써야 할까 고민하고
있었을 때 "성탄절 이야기를 써 보는 건 어때? 그도 아니면
코로나가 없던 작년 성탄절에 대해 묘사해 보는 건 어때?"
제안해 준 것도 그였다.

아마 그는 코로나가 없던 작년 겨울, 마스크도 발열
체크도 큐알 체크도 없이 더 자유로이 거리를, 식당을,
사람들 사이를 누비던 나를 상상했던 것 같다. 지금보다

덜 불편하고 쾌적했을 걸음을, 단순한 행복으로 가득찼을 얼굴을.(남자 친구와는 올 여름에 처음 만났고 그래서 그가 2019년 겨울의 나, 2019년 내 겨울의 슬픔을 모르는 것도 당연하다.) 그러니까 그는 마스크 없이 전구빛과 캐롤 아래 서 있었을 나의 여러 성탄절 기쁨들을 짐작했으리라.

작년 성탄절이 그렇게 기쁘지는 않았다고 대답하지 않았지만, 그가 작년 이야기를 써 보라고 했을 때 이 글이 내 안에서 조금씩 시작되고 있었고, 동시에 내게 반항하고 있었던 것 같다. 나는 잠시 혼란 속에 있었다. 그리하여 완성되는 글이 어떤 형태일지 어떤 온도일지 어떤 에너지를 향하고 있을지도 모르는 채로 말이다. 이 이야기는 내가 한 번도 해 본 적 없는 이야기이고, 끝까지 밀고 나가지 못할 사적인 시간의 나열들일지도 모르며, 그러나 상처와는 구분되는 나만의 곧고 가느다란 어둠들이다. 때문에 간단한 메모도 없이 노트북 앞에 앉은 지금 아주 평온하고도 도전적인 마음이다. 이것을 쓰는 것이 나에게 슬픔을 줄지 안도를 줄지도 잘 모르겠다. 여러 사람들의 말, 여러 풍경들에서의 기억, 여러 사람들의 텍스트에 영향을 받아 이상하게 뒤섞인 파편적인 글이 될지도 모른다.

'그렇게 짧은 여름의 끝에 그이는 죽었다 그것은 작고

투명한 유리잔 같은 여름이었다 하지만 그런 여름을
사람들은 사랑이라 부르는 듯했다'. 이 문장들은 미즈노
루리코의 시 「헨젤과 그레텔의 섬」의 마지막 세 행이다. 나는
이 문장들이 아름답다고, 어린 시절 경험한 오빠의 죽음에
대해 말하고 있지만 문장 자체가 유려하고 아름다워 좋다고,
이런 투명한 문장들을 자주 떠올리고 써야겠다고 생각해
왔는데, 오늘은 달랐다. 여전히 깨질 듯 위태롭고 아름다운
문장들이지만, 이 문장과 문장을 받아들이는 사람들에 대해,
무엇보다 문장에 반응했던 나 자신의 중심에 대해 다른
각도로 생각하게 되었다. 오늘 오후에 나누었던 이수희
작가와의 대화 때문이다.

　　얼마 전부터 수희 작가와 책 팟캐스트를 하고 있는데,
하필 오늘 다룬 책이 내가 골라온 미즈노 루리코의 시집
『헨젤과 그레텔의 섬』이었다. 수희 작가와 나는 취향도
성향도 조금은 다르지만, 좋은 텍스트가 왜 좋은지
설명하면서 같이 열을 내고, 서로 두렵게 또 조용하게
흥분하는 편이라 그 동질감에서 오는 든든함이 있다.
각자가 감동하는 텍스트의 입구가 다르더라도, 말하다 보면
결국에는 통하고 만나는 지점이 있어 나는 그녀를 무척
좋아한다. 무엇보다 내가 수희 작가를 신뢰하는 것은 나의
의견과 다른 부분이 있더라도 자신의 의견을 가감 없이

솔직하게 이야기해 준다는 점인데, 오늘도 그랬다.

수희 작가가 이 시집에서 가장 좋았던 부분이
무엇이었냐고 묻길래 나는 저 문장들을 읽었고, '아름답다'고
말했다. 그러자 수희 작가는 '전쟁을 겪었고, 그 안에서
가족을 잃었던 시인의 마음'에 대해 이야기하며 이러한
고통들조차 '사랑'이라고 말했을 시인의 주변 사람들에게
되려 환멸이 난다고 했다. 물론 그녀는 나와 나의 느낌들을
전혀 비난하지 않았고 오히려 존중해 주었지만, 나는 내가
얼마나 문장의 표면에 집중하고 그 주위만 맴돌고 있는
사람인지, 경계를 세밀히 살피지 못하는 사람인지 갑자기
부끄러웠다.

미즈노 루리코의 계절과, 미즈노 루리코의 계절을
바라보던 사람들의 계절.

오빠의 죽음과 작은 유리잔.

유리잔과 사랑 사이의 수많은 단어들. 이런 거리와
파편들에 대해 자꾸 생각하게 된다.

전체적으로 고통스러운 여름과 누구에게는 사랑인
여름, 전체적으로 사랑스러운 여름과 누구에게는 고통인
여름. 둘 중 어느 여름이 더 진실에 가까운지 견주어 보는
것은 불가능하며 무의미하다. 둘 모두 처절하게 진실일

테니까. 이렇게 적어 놓고 보니 처절하다는 형용사 역시
내가 문장에게 가하는 폭력 같다. 진실은 처절하지 않더라도
진실. 미끄러지고 유리되어 있어도, 숨기거나 세계에 제
몸을 다 던지지 않더라도 진실일테니까. 배경에서, 사람들이
사회적으로 느끼는 공통 정서로부터 조금 떨어져 있는
감정과 감각들조차, 그 모양 그대로 보존되어야 하니까. 공통
정서로는 묶일 수 없는 기쁨과 슬픔은 그렇게 취급되어야 할
가치가 있으니까.

성탄절과 COVID 19가 만들어 내는 커다란 이미지들,
이미지들을 비집고 흘러나오는 '진짜 이야기들' 역시
마찬가지다.

작년 크리스마스 이브, 나는 교회에서 주최했던 물 나누기
행사에 갔다. 신촌 거리를 지나가는 불특정 다수에게
생수를 나누어 주는 이벤트였는데, '생명의 샘이신 예수님이
이 땅에 오신 것을 전하려는 취지'의 행사였다. 생수통마다
우리 교회의 이름과 짧은 성경 구절이 적힌 스티커가 붙어
있었다. 추웠고, 조그만 생수가 가득 든 비닐이 돌무더기처럼
무거웠다. 그것을 옮기고 자리에 두고 하나씩 꺼내 모르는
사람들에게 건네는 동안, 후회랄지 부끄러움이랄지
자유랄지 하는 것이 희미하게 켜지다 이내 꺼져 버리곤

했다. 몸이 고장난 듯, 그 자리에 붙박인 듯 아무 생각도 들지
않았다. 진지하게 미래를 꿈꾸던 사람과 헤어진 지 고작
나흘이 지난 후였기 때문에.

사실 만나다 헤어지는 일은 아주 평범하고 고전적인
일이며, 경험이 쌓일수록 빨리 정리하게 되는 만큼 허무하고
다행스러운 일이기도 하다. 나는 이런 것들을 모를 만큼
어리지도 않았고, 그렇다고 그 전에 다른 사람과 헤어져 본
경험이 없던 것도 아닌데 당시 그 일은 내게 전과 비교할
수 없는 충격을 주었다. 온몸의 회로가 막히고 중단되어 그
크기를 짐작하지도 못한 채 망가지고 무너지고 있었달까.
어쨌든 그 충격에, 불과 며칠 전만 하더라도 그와 보내기로
약속했던 성탄절에, 엉뚱하게도 교회 물 나누기 행사에
참여했던 것이다.

다른 사람들에게 나의 신을 전하는 수많은 방법들이
있겠지만, 이 방식은 평소의 나라면 절대 택하지 않았을
방식인데 어떻게 이 자리에 서 있는 것인지 실감조차 나지
않았다.(집에만 있으면 위험하다는 생각에 이브 저녁 충동적으로
내린 결정이긴 했다.) 꿈을 꾸는 것 같기도 했고, 춥다, 무겁다,
낯설다, 부끄럽다는 강렬한 감각이 피처럼 번갈아 돌다
빠져나가니 살 것 같다는 생각도 들었다. 얼른 이 행사가
끝났으면 싶기도 했고 영영 끝나지 않았으면 싶기도 했다.

신촌 사거리에 기계처럼 서서 물 받아 가세요, 외치던
그날 밤. 그날 밤엔 코로나도 없었고 마스크도 없었고
감염자도 보균자도 없었으나, 또한 스스로 자처한 조금
이상한 노동 탓에 완전한 절망도 고립감도 없었으나,
나는 그 길에서 왠지 잘못 늙은 여자같이 슬펐다. 끝나 갈
즈음엔 이런 식으로 감정을 흘려보내는 것이 억지 같았고
부끄러웠지. 이토록 어지럽게 흘러가는 크리스마스 이브가
있었던가 싶을 정도로 피곤해 그날 밤엔 아주 잘 잤다.

2019년 겨울에 코로나가 퍼졌다면, 길에 나가 여러 사람과
접촉해야 하는 이런 소박한 행사도 하지 못했을 것이다.
그것은 나를 더 슬프게 만들었을까 덜 슬프게 만들었을까.
1년 가까이 지속되는 바이러스 탓에, 예년보다 차분한
연말이라는 기분이 거리 곳곳에 스며 있었다면 어땠을까.
텅 빈 기쁨과 아쉬움이 모두의 공통 기분이었다면, 더 많은
사람들의 태도와 기분이었다면, 나는 그 안에 숨어들어 갈 수
있었을까 없었을까. 어쩌면 전체적으로 고통스러운 겨울들
가운데 하나의 절망이 되어 가는 겨울이 더 답답했을까.
이런 겨울을 사람들은 '사랑'이라 부르는 듯했지만, 그
시간들을 다시 살아 보거나 다른 식으로 살아 볼 수는 없기에
이 질문에 영영 답할 수는 없겠지만, 나는 작년 성탄절,
성탄절이라는 단어의 표면 사이를 비집고 흘러나오던 한

사람의 어리둥절한 얼굴과 마주했다고, 배경과 그 얼굴은
조금도 상관이 없었고 어울리지도 않았다고, 그리고 그건
자연스러운 일이었다고 기록해 둘 수밖에 없다.

아니 에르노는 그의 연인 마크 마리와 함께, 그들의
섹스 후 흔적을 기록하는 책 『사진의 용도』를 썼다. 섹스 후
어질러진 방의 풍경들, 옷가지들, 떨어진 서류들, 구석에
숨어들어 간 고양이가 그대로 담긴 사진을 그들은 찍었다.
사진의 어떤 요소도 조작시키거나 훼손시키지 않은 채,
인화하고 한 장씩 나눠 가진 후 그날의 기억에 관한 글을
그녀와 그녀의 연인은 따로 썼다. 한 권의 책이 묶이기까지
서로에게 보여 주지 않은 채. 아니 에르노는 책 말미에 마크
마리의 글을 확인하는 것이 '두렵다'고 했다. 이 작업이
자신과 그를 더 가깝게 해 줄지 멀게 해 줄지 알지 못한다고,
다만 그가 자신을 위해 이 작업을 하지 않았기를 바란다고,
자신과 그의 작업은 세계를 향하길 원한다고 했다.
「흰색 뮬」 챕터에서 아니 에르노가 마크 마리와의
아름다운 여름에 관해 적은 대목을 옮겨 둔다.
"이미 여름 더위는 시작됐다. 그것이 계속 이어져
폭염이 되고 폭염이 끝난 후에는 수천 명의 노인들이 죽어
나가 일요일에도 묻히게 되겠지만, 오랫동안 보지 못했던

그저 아름다운 여름일 뿐이었다. 하얀 하늘 아래 세상은
비현실적으로 곳곳이 반짝일 것이고, 늘 그랬듯이 도덕성은
더위 속에 녹아 버릴 것이다. 우리는 밖에서 저녁을 먹을
것이고 나는 놀라울 정도로 가볍게, 이 하얀 뮬을 신고
정원으로 이어지는 계단을 내려와서, 전축의 노래를 크게
틀고, 그 순간 또 한번의 아름다운 여름이라고 생각할
것이다."[2]

　　나는 COVID 19가 만연한 때 남자 친구를 처음 만났고
이것과 함께 겪을 성탄절이 그와 함께 보낼 첫 성탄일
것이다. 첫 만남부터 마스크를 쓰고 인사했던 우리는
성탄절에도 예외 없이 마스크를 쓰고 거리를 걷고 식당에
들어가고, 사이에 한 칸을 비워 둔 채 영화를 봐야 할 것이다.
얼굴을 가린 마스크에서 서로의 눈만 보며 그래서 눈에 더
집중하면서 웃을 것이다. 세계 곳곳에서는 이 병으로 많은
이들이 죽어 가고 있고 어떤 연인들은, 가족들은 만나고
있지 못할 것이며 여러 요소들로 인해 사람들의 미래도
계획도 감정도 많이 틀어졌을 것이다. 그리고 남자 친구는
작년에 대해 써 보라고 말한다. 아니 에르노가 이야기했듯,
'나에게는 그저 아름다운 겨울일 뿐이다'.

<hr />

2　아니 에르노, 마크 마리, 신유진 옮김, 『사진의 용도』, 112쪽, 1984Books, 2018.

배경과 나는 자주 맞아떨어지지 않고, 나의 감정은
나에게조차 비도덕적인 것으로 비추어질 때가 많다.
감정이나 감각을 도덕과 비도덕으로 나눌 수 있는 것일까.
대부분 그럴 수 없을 것이나 때때로 그러할 것이다. 폭력과
사회적 연대, 배려와 억압 사이의 겹은 아주 얇아 한눈에는
잘 구분되지 않는다. 시간이 지나야 하고, 시간이 지나도
구분될 수 없는 것들은 구분되지 않는다. 하지만 나에게
문학과 사랑이란 나의 엉망인 상태, 엉망이면서 환한 정념에
휩싸인 상태를 자유롭게 이야기하는 유리잔이다. 아무것도
바라지 않은 채 울리는 소리다. 그저 '작고 투명한 유리잔
같은' 계절 안에 우두커니 떠다니는 유령 같은 움직임이며,
안식이다.

어느새 한 해가 끝나 가고 성탄절도 얼마 남지 않았다.
코로나 시대에 성탄절이 아쉽지 않느냐고, 작년이 생각나지
않느냐고 누군가 묻는다면 그 자리에서는 쉽게 대답하지
못할 것이다. 성탄절의 이름, 성탄절의 용도와 내 행복, 배경
사이의 거리를 좁히지 못해 우왕좌왕할 것이다. 그러나
내 사랑하는 사람, 내 남자 친구가 물었을 때 이미 내 안에
확실한 답이 있었던 것처럼, 그것이 나를 피하고 괴롭히고
위로해 주었던 것처럼, 나는 무엇이 달라졌는지도 모른 채

내가 보는 겨울을, 아름다움을 쓰고 있다.

2020년 12월 31일

　사랑에 대해, 사랑하는 대상에 대해 이야기하고 싶을
때 왜 항상 목조 건물이나 산, 거실, 미니어처 얼음 산 혹은
미니어처 얼음 계곡 등의 공간과 모형을 사용하게 되는
것인지 정확한 이유는 모르겠다. 다만 내가 목조 건물, 산
등의 이미지에 유달리 애착을 갖고 있는 것만은 분명한데,
목조 건물의 경우 서양식이라기보다 외할머니 댁이나 일본
영화 속 고택 같은, 동양식 마룻바닥과 비밀스러운 계단의
이미지를 자주 상상하며 쓰게 된다.
　내가 태어나고 자랐던 부암동의 낡은 목조 주택
역시, 요즘 쓰는 시들이 많은 부분 이미지로 기대고
있는 것 같다. 서울이고 종로였지만 산 속에 숨어 있던
그 집은 아름답다기보다 거칠고 이상스런 비밀들로

가득한 곳이었는데, 이를테면 정원에 내 키만 한 잡초가
자랐다거나 그것을 어른들 중 누구도 관리하지 않았다거나
마룻바닥의 한 부분을 열면 지하로 통하는 길이 있었다거나
하는 것들이었다. 익숙하지만 동시에 상상과 두려움의
한 부분으로 남아 있는 그 공간은, 그렇기에 사랑을
이야기하기에 가장 적합한 공간처럼 여겨진다.

　마룻바닥에 뽀얗게 일어나던 먼지와 뜨겁게 내리쬐던
한낮의 해, 해를 다 막아 내지 못하던 유리 현관문, 집에서
한눈에 내다볼 수 있던 풍광과 밖에서 들여다보이던
거실의 조용함, 가끔 집을 공사하러 오던 인부들, 묘하게
의욕이 없던 인부들의 태도 같은 것들이 떠오른다. 목조
주택을 공간으로 설정할 경우 내가 활용하고 선택할 수
있는 부분들도 많았는데, 우선 계단을 만들면 층계가
생기고 창문을 만들면 안팎이 생기므로 쓸 수 있는 여러
정황들이 있었다. 나무 계단만의 삐걱거리는 질감과 나무
마룻바닥만의 반질거리는 느낌이 주택이라는 구조 속에서
내 이름을 편안하게 해 주었다. 내 안의 자연, 집 바깥의
자연과도 연결시켜 주고 말이다.

　산에 대해서는 여전히 뾰족한 이유를 잘 모르겠다. 내가
등산을 좋아하는 것도 아니고, 가족이나 가까운 친구 중에
산을 좋아하는 사람도 거의 없는데(바다를 좋아하는 사람은

흔하지만) 이상하게 시를 쓸 때 산만 생각하면 눈물이 나고, 산에 오르는 사람들 그리고 산에서 내려오지 못하는 사람들 생각을 하면 무언가 높은 곳에서 (감정과 사건의 소용돌이 혹은 꼭대기에서) 망설이고 무너지며 지워지는 얼굴들이 떠오른다. 그때의 얼굴은 어둡기도 하고 환하기도 하다. 아마 섞여 있는 것이 대부분일 것이다.

얼음을 좋아하는 것은 빛과 유리를 좋아하는 이유와 비슷하다. 얼음은, 빛이 투과하면 반짝이며 투명해지는 부분이 생기고, 그 빛이 지속되면 녹고, 추운 데 놓아 두면 다시 언다. 이런 얼음의 속성이 마음과도 비슷하게 느껴졌다.

이렇게 적고 보니 사실 목조 주택, 산, 얼음 모두 취향일 뿐이라는 생각도 든다. 목조 주택에 앉아 얼음 산을 깎으며 사랑과 사랑하는 사람에 대해 생각하기. 이런 장면을 가장 좋아하는 것 같다. 그런 장면을 생각하면 당위 없이도 다가오는 슬픔과 평화 같은 것이 있다.

*

2020년 12월 31일, 한해의 끝에 쓴 시 「놀라지 않는 이 사랑의 삶」은 '어떻게 하면 지금 내 상태를 가장 솔직하게 쓸 수 있을까, 행복의 불안, 그러나 정말 나를 격렬히 괴롭히거나 성가시게 하지는 않는 아름다운 불안에 대해 쓸 수 있을까' 하는 고민에서 시작되었다. 그간 나에게 저택과 산은 내 상실의 경험을 외치고 해부하거나 뭉치고 굴려 '버려 버리는' 식의 전초 기지 같은 곳이었다.

이번 시에서는 처음으로 내가 가장 사랑하는 이 장소에서, 더군다나 인수받은 산장에서, '저는 행복하게 잘 지내고 있습니다' 이야기하고 싶었다. 조심스레 행복을 말해도 시가 될 수 있을지 실험해 보고 싶었다.

마르그리트 뒤라스는 그녀의 마지막 저서이자, 그녀의 애인이었던 얀 안드레아와의 삶을 정리하는 에세이『이게 다예요』에서 행복의 마비 상태를 이렇게 설명했다. "이따금 나는 아주 오래도록 텅 비어 버린 느낌이다. 내겐 신원이 없다. 그게 날 두렵게 한다 우선은. 그리고 나서 그것은 행복의 움직임으로 스쳐지난다. 그리고 나서 그것은 멎는다. 행복하다는 감정, 말하자면 얼마쯤 죽어 있는 느낌. 내가 말하고 있는 곳에 얼마쯤 내가 없는 듯한 느낌."[3]

「놀라지 않는 이 사랑의 삶」에는 외관과 시설에 문제가 없어 디자인이나 설비에 조금도 손대지 못하는 나, 그러나

3 마르그리트 뒤라스, 고종석 옮김,『이게 다예요』, 문학동네, 2009.

공사 계획이 전혀 없던 것은 아닌 나, 그런 나를 닮아
갑작스런 침묵이 어렵고 어색해도 애써 일하지 않는
시공업자들, 그러나 그 안에서 느껴지는 편안함, 더 이상
확장되거나 날아가지 못하고 나에게 갇혀 서서히 늙어 가는
이야기, 노령의 사랑에 대한 시다. 그러니까 누군가와 사랑에
빠져 얼마쯤 거기서 죽어 있는 느낌을 겪고 있는 나 자신에
관한 시다. 사랑에 빠진 나는 이 온전한 행복이 믿기지 않고,
때때로 무궁무진했을 모험들을 포기한 기분도 들지만,
사실은 이 사랑의 상태가 좋다.

놀라지 않는 이
사랑의 삶

관리만 하고 살기엔 아직 젊은 내가 산자락의 이 산장을 인
수받았다.

시도해 보고 싶은 공사
규모가 커 두려운 디자인도 계획도 많았는데 외관과 시설
에 문제가 없는 이상 나에게로 날아간

이야기처럼 가만히

있어야 한다는 지침이 있었다.

설계도를 펼쳐 공간이
부드럽게 낭비된 곳 벽과 벽이 의미 없이
막힌 곳을 살피고

계곡이나 산

눈 내리는 산이 잘 보이는 자리를

찾아

공사하지도 않을 나의

시공업자들 한데 모은 낮

그들은 말수가 적고
어깨가 넓다.

손목과 손끝이 특히
단단한 그들은 공격하는

적막 앞에서도 일하게 해 달라고
하지 않는다.

내벽의 어둠

정지한 채 서랍을 놀라게 하는 자연이

반쯤 열린 삶으로
오래된 디자인의 작업복과

                                              어깨로

내려앉고 있습니다.

동의하듯 녹아내리고 있습니다.

지겹도록 많이 본 풍경인데 눈이 오면 왜 기쁜 쪽

                                       슬픈 쪽으로 부지런히
                                  움직이려는 슬픔으로부터

                           거친 언어의 아름다움으로부터 멀어지는

이야기가 될까.

조명 아래 쪼그라드는 술 없는
머리

살집 잡히는 노령의

                                          사랑이 될까.

질문과 대답이 하나로 엉켜 뒹굴 때

나는 나보다 진지한 내 역사를
상납한 것 같고

온전한 이 행복이 믿기지 않고

당신의 이야기가 전부 내 것이 되기엔

아직 내가 너무

젊지만

사실은 이런 낮이 마음에 들어.

＊ 웹진《문학3》발표.

2021년 1월 13일

다음 달이면 서사창작과 학부 졸업생이 된다. 그 말은
곧 내가 모르는 신입생들이 입학한다는 뜻이기도 한데,
학교에 대한 애정이 각별한 나는 이 기간이 내 인생의 커다란
변곡점이자 사건으로 느껴진다. 때때로 학교 사람들이
학교에 대한 불만을 이야기하거나 농담 반 진담 반으로
'자퇴하고 싶다'고 이야기했을 때, 어쩌면 그런 식으로 예술
학교 학생으로서의 '자유'에 대한 제스처를 보였을 때, 그
말들에 진심으로 웃거나 공감할 수 없었을 만큼 나는 학교를
사랑했다.
　지난 주말 신입생 선발 시험이 있었다. 학부생 내내
한 번도 해 본 적 없던 면접 진행 요원 일을 하게 된 나는
이 시간이 정말로 학교에 인사하는 시간, 상징적인 유예

기간, 작별의 시간이 되겠구나 싶었다. 졸업식에도 학교에
오겠지만 아마 그날엔 졸업생 전원의 작별 기분이 건물
곳곳을 가득 채울 테니, 나만의 상징이라기엔 조금 부족한
날일 테니까. 오전부터 오후까지 학교에 머물며 복도와
탁구대와 커다란 창문 곁에 지나치게 오래 있을 수 있는 날.
마지막으로 건물의 빛과 건물의 추위 속에 숨을 수 있는 날.
진행 요원으로 일하게 될 날이 그날일 것 같았다. 기온이
영하 17도 가까이 떨어지던 지난 토요일 새벽, 아직은 어두운
거리를 지나 학교로 가는 지하철에 올랐다. 시야가 흐려
거울을 보니 앞머리와 속눈썹에 작은 얼음 조각들이 붙어
있었다.

이렇게 추운 날 면접장에 가는 일이 익숙하다. 면접
아르바이트를 많이 해서도, 누군가의 면접에 자주 동행해
주어서도 아니다. 여러 학교에 지원해서도, 학교들마다
면접을 보아서도 아니었다. 나는 오랫동안 한 학교의
수험생이었다. 2013년 겨울부터 2016년 겨울까지
한국예술종합학교 서사창작과에 지원했던 나는, 매해
글쓰기 시험을 보았고 매해 면접을 보았다. 학교에 대한
기대와 열망이 컸던 만큼 매해 좌절했고, 매해 떨어지다가
네 번째 시험이었던 2016년 입시에서 겨우 그곳에 들어갈 수
있었다.

가 보지도 않았던 학교를 어떻게 아는 사람처럼
사랑할 수 있었을까? 고등학교 3학년이었던 2013년 여름,
나는 서사창작과 과실에 무작정 찾아가기도 했었다.
장마철이었고, 가파르고 어두운 언덕길을 지나는 내내
어깨와 양말이 무겁게 젖었던 것, 안과 밖이 똑같이 스산하던
건물 안에서 조그만 과실을 찾아 헤매던 것을 기억한다. 과실
문을 열고 들어간 나는 여기 입학하고 싶은 학생이라고,
학교 이야기가 궁금하고 듣고 싶다고 지금의 나보다 어렸을
학생들에게 물었다.(2019년, 학부 3학년 수업에서 그때 나에게
학교 이야기를 해 주었던 선배를 만날 수 있었다. 졸업이 늦은
선배였는데, 그의 얼굴을 보자마자 대번에 습하고 적막하던 그날의
공기가 함께 떠올랐다.)

진행 요원 일을 하면서 그때의 나를 떠올리게 하는 많은
얼굴들과 만났다. 저 사람은 2013년의 나 같네, 저 사람은
2014년의 나, 저 사람은 2015년, 저 사람은 2016년의 나.
대기실에서 무언가 꺼내 열중해 읽는 사람들, 그러나 읽고
있는 것이 문장의 표면인지 (표면 뚫기에 성공해) 완전한
한 문장인지는 분간할 수 없을 만큼 잔뜩 긴장한 얼굴들,
어깨들, 투명한 열망이 외투나 몸집보다 더 커 보이는
사람들.

면접 대기실 앞에서 자신과 나 둘만 남았을 때, 내게

어떤 기분이냐고 묻는 사람들도 몇 있었다. 이렇게 시험 요원도 하시고…… 어떤 기분이세요? 학교는 어떠셨어요? 한 번에 들어가신 거예요? 학교에서 뭐가 가장 좋았어요? ……부러워요.

　이곳에 도착하려는 사람들과 곧 이곳을 떠나는 나는 그렇게 서로가 너무도 사랑하는 여기, 이 겨울 복도 한 가운데 놓여 잠시 먼지처럼 떠 있었던 것 같다. 할 말을 잃은 채 구불구불 서툴게 교차하는 서로의 시간을 편히 놓아 주고, 잊고, 조금은 그러모으며 바라보고 있었던 것 같다. 온열기를 가져다 놓았다고 해도 좀처럼 세워지지 않는 추운 회색빛 복도에서, 건물 뼈대가 다 드러나 지하 주차장을 연상하게 하는 연극원 건물에서.

　서사창작과 사물함 앞에는 푸른 탁구대가 하나 놓여 있는데, 나는 탁구는 전혀 할 줄 모르지만 그 공간과 그 공간 앞에 서 있는 것을 좋아했다. 탁구대 뒤편으로 크지도 작지도 않은 창이 하나 나 있고, 창밖으로 계절의 변화를 뚜렷하게 알아챌 수 있게 해 주는 나무가 한 그루 있었기 때문인데, 나는 계절이 바뀌었다는 것을 잊다가도 그 앞에만 서면 종종 봄이 왔네, 가을이 왔네 깨닫게 되곤 했다. 비나 눈이 내리는 날도 마찬가지로, 그 창문은 계절이나 날씨를 크기에 맞게

축약해 슬프도록 아름답게 보여 주었다. 앞에 놓인 귀여운 탁구대는 이 모든 것을 더 모형처럼 보이게 해 사물함 앞에서 마치 세계가 축소되는 느낌, 최대치의 조용함으로 멈춰지는 느낌을 받았다. 모형 세계에 잠깐 들어갔다 빠져나오는 감각, 이 이상한 감각에 이름 붙여 주는 놀이를 좋아했다. 실제로 나는 거기서 찍은 사진들에 이름을 자주 붙이곤 했는데 '레고 조각들 같은 여름의 학교', '유리 파이프 같은 겨울의 학교', '빛을 받으면 더 장난감 같아지는 창밖 건물들' 같은 제목들이 그렇다.

학교의 세세한 구석과 부분들(비흡연자임에도 나는 학교의 흡연 구역마저 좋아했다.), 동기들, 선후배들, 선생님들, 입학하기도 전에 갖고 있던 학교의 이미지 모두가 내게는 이 탁구대 앞 풍경으로 여겨진다. 친구들과 선생님들이 읽고 쓰고 이야기하는 수없이 많은 세계들 앞에서 눈이 오네, 비가 오네, 계절이 더디네, 하고 깨달았던 것이다.

주변 사람들, 입학 후 알게 된 사람들은 나에게 4년간의 입시를 어떻게 지나왔냐고 묻고는 했다. 화가 나거나 지겹지는 않았냐고, 학교 입학이 등단이나 자격 시험, 회사 입사도 아닌데 이렇게까지 계속 할 수 있는 이유가 무엇이었느냐고. 생각보다 근성이 있네, 누군가는

말했다. 과정들을 거쳐 입학한 학교가 생각과는 다르거나
실망스럽지는 않았냐고 묻는 이도 있었다.

    사랑은 죽어 있는 상태와 비슷한 것 아닌가 하는 생각을
많이 하게 되는 요즘이다. 행복하다는 감정이 '얼마쯤 죽어
있는 느낌'이라고 이야기한 마르그리트 뒤라스처럼, 완전한
사랑 역시 얼마쯤 죽어 있는 상태가 아닌가 싶은 것이다.
상처도, 모험도, 다른 대상에 대한 사랑도 차단된 고요한
상태, 한 자리에 누워 한 장면만 볼 수 있는 상태, 그러니까
환하게 죽어 있는 상태. 어떻게 계속 할 수 있었냐고
묻는다면 어느 정도 죽어 있었으니까요, 대답할 수도 있겠지.
죽어 있었기에, 외부에 무감했기에, 같은 곳에서 다른
기쁨들을 매일 발견할 수 있었죠. 멈추지 않을 수 있었죠.
    학교 문을 두드리며 한 번도 모험한다는 생각은 해 본
적 없고, 불합격이 계속되었을 때 잠깐은 낙심하더라도
상처가 쌓여 간다는 생각도 해 본 적 없다. 반대로 붙었을
때 다른 마음을 품게 되지도 않았다. 학교에서 기쁘고 좋은
날들만 있지는 않았고 때로 어렵고 고민스러운 일들도
겪어야 했지만, 모든 현실들이 내 것이고 진짜였지만, 어쩌면
처음부터 끝까지, 그리고 학교를 떠나려는 이 시점까지 나는
쭉 죽어 있는 마음이었을지 모르겠다. 최대치로 조용한

창문의 계절들이면 다 괜찮아지는 죽은 사람. 마지막 수험생을 면접실에 들여보내곤 또 이곳의 창문들, 냉기들을 천천히 눈에 담는 사람. 작별을 준비하는 사람. 도착하려 했을 때도 떠나야 할 때가 되었어도, 영원히 죽은 채 이곳에 남아 있는 학교를 나는 오래 기억하게 될 것 같다. 떠나면서 '떠남'이라는 장소에 영원히 머무르게 되는 사랑도 나쁘지 않다.

*

작년에 조금 아쉽게 내리던 눈이 올해 초에 몰아서 내리고 있는 것 같다. 곧 졸업이라는 생각에 이런저런 상념에 빠져 있었을 즈음, 그러니까 면접 진행 요원을 마치고 며칠이 지난 어제 저녁에도 그랬다. 눈이 마구 내렸고, 그날 저녁부터 다음 날 아침까지 친구들 SNS에 눈으로 만든 오리 사진이 올라오기 시작했다. 계단에 건물 앞 지지대에 호수 주위에 줄지어 나란히 놓인 작은 오리들. SNS를 장식한 그 오리들이 '스노우 메이커'라는 기구를 이용해 만든 것이라는 것을 알기까지는 시간이 더 걸렸다.

처음에는 어떻게 저렇게 정갈하게 만들었지, 크기도

모양도 저렇게 예쁘고 날렵하고 일정할 수가 있나?
싶었는데, 사진을 확대해 자세히 보니 오리 머리
부분에서부터 날개까지 대칭으로 곡선이 하나 그어져
있었다. 오리 머리를 이루는 부분을 무언가가 고르게 찍어
낸 자국을 발견한 것이다. 해시태그에 '오리 눈사람'을 적어
검색해 보니 과연 그것을 찍어 내는 틀이 나왔다. 원, 하트
모양 등 다른 버전도 다양하게 구비된 그 기구의 이름은
스노우 메이커였다.

　왜 항상 이런 것들은 뒤늦게, 눈이 다 녹아 갈 즈음에 알게
되는 걸까. 혹시 내릴지 모를 다음 눈, 그도 아니면 다음
겨울을 위해 주문해 둘까 하다 그만두었다. 학교를 떠나며
받은 어떤 감정적인 영향들 때문이었는지 모르겠다. 이번
겨울 여기저기에서 똑같은 모양으로 반짝이는 눈오리들을
보았고, 이것들의 정체를 궁금해했고, 알게 된 것으로
충분하다는 생각이 들었다. 아름다운 것을 만들어 내기 위해
무엇에든 고민하고 정말로 만들어 내는 사람들이 귀엽구나
웃었다는 감각, 지금 내게는 이것이 없어 조금 아쉬웠다는
감각만 남겨 두고 싶어서. 스노우 메이커를 사 온다면 훼손될
이 아쉬움만을 오래 간직하고 싶어서.

　한 자리에 누워 한 장면만 볼 수 있는 상태,

　부서지거나 녹는 것 외에는 다른 몸을 택할 수 없는 상태,

적막의 상태,

빛의 상태,

눈사람의 상태.

날이 조금만 따뜻해져도 눈사람은 쉽게 사라진다.
그렇다면 사라지기도 전의 눈오리를 포기하는 건, 이중의
죽음 속에 오리를 가두는 것 아닐까. 그렇게만 보호되는
이중의 사랑 속에서 오리는 오래 기억될 수 있지 않을까.
상상으로만 존재하는, 가진 적 없는 모형 속에 잠깐 들어갔다
빠져나온, '얼마쯤 죽어 있는' 형태로.

*

나의 사랑은 어디를 향하고 있을까.

학교 이야기와 오리 이야기를 섞어 어지럽게 말했지만,
결국 오늘은 죽음 속에서만 생동하는 정교한 생명에
대해 이야기하고 싶다. 나른함 속에서만 꾸준히 반복되어
단단해지는 언어에 대해, 사랑한다는 말에 대해, 뜨거운 내부
외에는 아무 것에도 관심을 기울이지 않는 영원에 대해.

'사랑해' 이야기하면 듣는 사람도 말하는 사람도 종내엔

그 표현에 무감해진다고, 상대가 감사함을 잊을 수 있다고, 그렇기에 턱끝까지 차올랐을 때 말고는 사랑한다는 표현을 아끼는 것이 좋다고 하는 사람들이 많지만, 나는 사랑한다는 말을 아끼고 싶지 않다. 나에게 사랑은 탁구대 앞에 서서 매일의 계절을 확인하는 일, 오리의 귀여움과 오리에 대한 아쉬움을 동시에 간직하는 일, 차가운 복도 곁에서 기쁘게 졸업하는 일이다. 소진되지 않고 계속해 성실할 수 있는 죽음이 사랑이라면, '사랑해'라는 말 속에 죽음의 꾸준함이 있다면, 의지보다 강한 고요가 이 언어의 반복에 있다면 나는 반복해 사랑한다고 말할 것이다.

　사랑한다는 말은 단순하면서도 강력해, 아니 단순해서 강력해 발음되는 순간 다른 말들을 지운다. 한 자리에 누워 한 장면만 보게 한다. 탁구를 못해도 탁구대와 탁구대 주변을 거닐게 한다. 오늘 내 앞에 닥친 풍경을, 곡선 자국을, 눈으로 만든 오리를 잊지 않게 한다. 그 자리는 따뜻하지만 생각보다 지루해 때때로 잠과 혼동될지 모른다. 그래도 얼마쯤 죽어 있는 느낌 속에 당신과 눕고 싶다. 사랑해, 또 이야기해 주고 싶다.

2021년 1월 21일부터
3월 20일 사이의 짧은 일기들

겨울 낮이 좋다. 겨울 낮에 뛰고 걷는 게 좋다. 오늘은 두
시간도 넘게 걸었는데, 빛도 강하고 추위도 강해 느긋한
기운과 바쁜 기운을 함께 느꼈다.

분명하게 말할 수 없는 감각이 좋다. 풍경도 날씨도
사람도.

그런 것이 편안해서 좋아. 살아 있다는 기분은 아니고
비현실적인 기분도 아니고 잠에서 깰락 말락한 기분. 여기서
못한 말을 저기서 할 수 있을 것 같은 기분이다.

1월은 11월과 함께 1년 중 가장 유령 같아 내가 좋아하는

달인데, 1월은 2월(시작)을 위한, 11월은 12월(끝)을 위한 발돋움판 같다. 그것들을 위해 존재하는 존재감 없고 성실한 유령들 같다.

작년이 흘러간 방향과 모양과 속도를 생각하면 좋고 부끄럽고 슬프고, 나도 모르는 무엇이 나도 아직은 다 모르는 채로 소모된 기분. 쉬고 싶기도 달리고 싶기도 한 기분. 어쨌든 남아 있는 시간들을 실수 없이 잘 보내고 싶다. 차가운 공기를 맞으며 힘껏 뛰다 보면 종종 내가 아프게 한 사람들 생각이 난다.

*

중국요리 먹고, 초코 쿠키 부숴서 나눠 먹고 들어왔다.

남자 친구가 속이 다 비치는 분홍색 편지 봉투를 내밀었다. 봉투는 얇은 노끈으로 고정되어 있었다. 차분한 마음으로 읽고 싶어 집에 오자마자 깨끗하게 씻고 샤워 가운을 입었다. 이 가운은 졸업 선물로 (별로 활동하지 못했던) 예종 동아리에서 선물해 준 것. 어쨌든 이것을 입고 물을 끓였다. 주전자에서 중얼거리듯 터지는 물방울 소리 들으며

혹 올라오는 졸음과 김 사이에서 그 사람 글씨들 궁금해하는 시간. 왜인지 이미 마지막 줄을 다 읽어 버린, 나른한 행복으로 가득한 미래의 시간을 겪는 것 같았다. 이 사람이 좋아. 나는 차를 한 모금 마시고 첫 줄을 읽었다.

*

남자 친구가 사 준 가습기 막 작동시켜 보았다.

구름처럼 불투명한 증기가 방 안에 뽕뽕뽕 올라오는 게 신기하다.

자기 전 통화할 때마다 목이 자주 건조했는데, 기억하고 있었는지 오늘 만나자마자 건네주었다.

작은 눈사람 같은 흰 가습기였다.

그와 있으면 정말 살뜰하게 대접받는 기분이 드는데 그건 나에게 그것을 받을 만한 어떤 자격이 있기 때문이 아니라, 오로지 이 사람이 너무 좋은 사람, 드물게 좋은 사람이기에 그렇다는 것을 알고 있다.

거칠고 생활적인 부분에서 사랑을 받을 때마다 눈물이 날 것 같다.

오늘은 햇빛과 바람 속에서 조금 걸었고, 그에게 김복희 시인의 시집을 보여 주었다.

어제 술을 마시다가 나무 바닥 틈새에 귀걸이 고정핀이 떨어졌다.

이야기하면서 귀걸이 뒷부분을 만지는 버릇이 있는데, 술 때문에 나른했는지 주의력이 부족했던 것이다.

아끼는 비비안 웨스트우드 귀걸이였다.

핸드폰 손전등을 켜고, 마치 유물 발굴하는 사람들처럼 쪼그려 앉아 그것을 빼내려고 한참이나 애를 썼다.

내가 운 직후였던 따뜻한 겨울 오후.

틈새가 손가락보다 좁아 그가 겨우 발견한 그것을 눈앞에 두고도 결국 꺼내지는 못했지만,

금색 고정핀이 사라진 귀걸이를 볼 때마다 떠오를 그의 뒷모습만큼 구체적이고 생생한 사랑이 있을까 싶었다.

*

남자 친구도, 나도 마음이 많이 아픈 하루였다.

나직이 이야기하고, 침묵하고, 대답하고, 서로의 눈물을 닦아 주는 동안 밖이 어두워졌다.

　조금 차분해진 고통 속에서도 오래 앉아 있었다. 이 말이 적당할지 모르겠지만 그냥 서로가 너무 안 되었던 것 같다.

　발렌타인데이 기념으로 직접 만든 이상한 초콜릿을 그에게 전해 주었다.

　화이트 초콜릿에 식용 색소를 섞어 만든 공룡 초콜릿.

　'공룡보다 무시무시한 우리의 사랑'

　포스트잇에 내가 적은 메모다.

　편지에 사이하테 타히의 시를 적어 주었는데 그가 그것을 읽고 또 울었다.

*

　육체적으로도, 감정적으로도 이렇게까지일 수 있나 싶을 정도로 힘들었던 이번 달.

　이제 정말 늦어도 다음 주중에는 나의 첫 시집이 나오는데,

　26일 내내 축제 전의 고요한 행복은 없었다.

아침저녁으로 감정의 격동 속에서 지칠대로 지쳐, 자고
일어나면 더 많은 날들이 지나 있었으면 좋겠다 하루나
일주일 정도 말고 아예 한두 달 정도 지나 있었으면 좋겠다
시간과 함께 내 고통도 지나갔으면, 제발 그랬으면 좋겠다
바라고 바랐다.

그래도 하루는 하루일 뿐이라 몸을 일으켜 대학원 수업을
듣고, 과외를 하고, 출판사 미팅에 다녀오고, 에세이 마감을
했다.

과외와 산문 쓰기에 시간을 거의 다 써 버렸는데
내일부터는 시도 부지런히 써야 한다.

다음 달에 완성해야 할 시 원고는 다섯 개. 화낼 틈도, 울
틈도 없다.

오늘은 방에 새 책장이 들어왔고(새 책장이라지만 친언니가
쓰던 책장. 오늘 언니네가 이사 가면서 내게 준 것이다.), 책꽂이
정리하는 김에 대대적인 대청소를 했다. 늘 책장 공간이
부족해 침대 주변이든 옷장 주변이든 쌓아 두었던 책들을 새
책장에 모두 꽂을 수 있었는데, 공간이 늘어났음에도 읽지
않는 책들을 선별해 버렸다.

특히 2015년부터 모았던 문예지들 중 몇 권만 빼놓고는
모두 버리기로 했다. 그때는 아무런 기준 없이 닥치는 대로

문예지를 사 모으고 읽었다. 좋은 신인상이 실린 문예지는
거의 다 사 보았던 것 같고, 좋아하는 시인들의 방담이나
특집 에세이가 실린 것이라면 처음 들어 본 문예지들도
전부 사 읽었다. 성동혁 시인의 신작이 실린 문예지도 모두
모았다.

버릴 문예지들을 쌓아 놓으니 여든 권 가까이 되었는데
이제는 아쉽지도 자랑스럽지도 않아 미련없이 버렸다.

거리에 핀 목련과 벚꽃들 볼 때마다 이게 아닌데, 너무
빨리 왔는데, 내가 더 행복할 때 폈으면 좋겠는데 싶어 자꾸
슬프다. 꽃에게까지 항의하다니 내가 너무 못된 사람이 된 것
같아.

2021년 3월 21일

혼란스럽고 생경한 3월이었다.

오늘은 남자 친구의 생일이었고, 슬픔과 기쁨이
복잡하게 뒤섞인 마음으로 초봄의 바위산을 함께 보았다.
아무것으로도 덮여 있지 않았다면 꽤 을씨년스러운
바위산이었을텐데, 바위산 곳곳엔 비현실적으로 환한
개나리들이 가득 피어 있었다. 빛이 사라지지 않는다면,
그러니까 어제의 빛을 지우지도 내일의 빛에 덮이지도 않고
바위에 꼭 달라붙어 한 계절 동안만 남는다면, 미련 많은
꽃의 모양으로 남았다면 꼭 이것 같지 않을까. 어쩌면 햇볕과
가장 닮아 있는 형태의 꽃무더기 앞에서, 동시에 너무 흔해
지겨워하던 풍경 앞에서 왜 눈물이 날 것 같았는지 너무 긴

시간을 지나온 것만 같았는지 모르겠다.

그림 같네, 말하는 남자 친구에게 그치 CG 같네, 나직하게
대꾸하며 눈을 감았다. 봄꽃의 배경이라고 하면 자연스레
나무나 파릇파릇한 초록 잎사귀를 먼저 떠올리곤 했는데,
뜬금없이 회색과 노란색의 조화라니. 거대하고 무표정한
돌에 깊이 내린 뿌리라니. 수수께끼 같던 그 풍경에는 기묘한
아름다움이 있었고 당황스럽게 돌출된 비밀과 상처가
있었다.

바위산에서 반사된 빛이 두 눈에 뜨겁게 들어차던,

본 적 없던 것을 본 것 같던, 그러나 정말로 본 적 없는
것이었는지는 확신할 수 없던, 한낮의 고요한 충격을 떠올려
보는 지금.

남자 친구 없이 남자 친구의 어머니를 만났던 3월, 나는
어쩐지 나의 사랑을 자꾸만 증명하고 싶었다.

어떤 사람들은 최선을 다해 다정하려는 사람들이 최선을
다해 상처받기도 한다고, 별것 아닌 무심한 행동들도
오해해 쉽게 슬퍼한다고 이야기하지만, 매일매일의 다정을
지키려는 사람들은 그것이 얼마나 터무니없는 이야기인지,
힘 빠지게 하는 짐작들인지 알 것이다. 진짜 다정은 내 다정
바깥의 감각들을 끝까지 거느리려 하려는 것, 세계의 아주

작은 기척도 다정으로 해석해 내 다정의 영토를 조금씩 넓혀 가는 것, 그래서 상처받았어야 했을 말이나 상황도 뒤늦게 알아차리는 것. 늦은 상처를 물끄러미 바라보는 것. 조용하게 시끄럽지 않게 치유받고 싶은 것.

내가 다정한 사람인지는 모르겠지만 나는 다정한 사람이 좋고 다정의 강한 힘을 믿는, 다정하고 싶은 사람이다. 그렇기에 때때로 마음 깊은 곳에서 타인에게 같은 형태의 다정을 요구하고 있지는 않나, 오해하고 있지는 않나, 나의 다정을 잣대로 타인을 판단하고 있지는 않나, 내가 지나치게 예민한 것은 아닐까 돌이켜 보다가 스스로에게 생채기를 낼 때가 있다. 막다른 터와 공원만을 상상으로 배회하는 사람처럼, 울퉁불퉁 이유 없이 솟아오르는 감정들을 인정하지 못하고 자꾸 다른 길을 찾아내려 하는 것이다. 지치도록 돌아다녀 보는 것이다.

나는 다정을 좋아하는 사람이기에 자주 사람들을 오해하고, 오해받기도 하는데, 부끄럽게도 남자 친구의 어머니 앞에서는 그 다정에 대한 조바심이 점점 커지는 기분이었다.

나에게는 나를 싫어하는 사람이 있고

그 사실은 부드럽고 명백한
세계에 속한다.

그는 누군가에게 사랑이며
작고 부담스러운
나무
대부분의 행인에게 잊히는
행인일 것이다.

혹은 화목한 어느
가족의 일원,

내가 사랑하는 사람을 기쁘게 해 줄 수도 있겠지.

　　—「찬물처럼」에서

　올해 초에 쓴 시의 일부이다. 이 세계에서 나와 깊은
관계를 맺게 되는 사람이든, 스치듯 잠깐 만났다 지나치게
되는 사람이든, 모두 어느 누군가에겐 아주 뜨겁거나 아주
차가운 온도로 맺혀 있는 사람들일 것이라는 인식에서
시작된 시이다. 나에게는 애인이나 절친한 친구를 제외하고,

아니 어쩌면 그들보다도 그 인식이 가장 극단적으로
느껴지는 관계가 바로 '가족'이다. 세계를 향해 무엇을
주장하거나 거부하지 않았음에도, 그러니까 아무것도
택하지 않았음에도 미끄러지듯 당황스럽게 주어진 처음의
관계, 거의 유일한 관계이기 때문이다. 이후에 어떤 관계를
쌓아 나갈 것인지는 미끄러짐 이후에 생각해야 할 일이지만,
어쨌든 내게 있어 관계의 시작이 가장 무겁고 끈끈해 때로
무척 사랑스러워지기도, 두려워지기도 하는 관계가 바로
'모두의 가족'이다.

　친구의 가족을 만나도 조금 긴장되고 어색해지기
마련인데, 사랑하는 사람의 가족을 만난다면 어떨까 막연히
상상해 본 적이 있다. 내가 모르는 그의 모습을 듣게 될까,
혹시 내가 듣고 싶지 않은 이야기를 듣게 될까 싶으면 겁이
나다가도, 한편으로는 그것들까지 알고 싶고 묻고 싶어
기대가 되기도 했다. 무엇보다 내가 사랑하는 사람이 살면서
가장 오랜 시간을 함께 보내온 사람들, 그의 유년기부터
현재까지 가장 많은 아침을 함께 보내고 가장 많은 밥을
함께 먹었을 사람들을 떠올리면 막연하게 호의적인 감정이
샘솟기도 했다. 그가 이렇게 좋은 사람이 되기까지 어떤
사람들과 함께 살아왔을까, 어떤 분위기 속에서 태어났고
성장했고 생활하고 있을까 궁금했다. 세면대 옆에 꽂아 둔

칫솔들의 모양, 그가 자주 집어 먹는 반찬의 종류, 신발장,
속옷과 수건을 접는 방식 같은 극도로 구체적이고 생활적인
것들이 왜 이렇게 궁금했던 것인지.

　동시에 상상으로나마, 막연하게 바라건대, 나 역시 그의
가족들과 특별하고 긴밀한 관계가 되고 싶었다. 그 풍경의
일부가 되어 꼭 그의 가족처럼 그를 이해하고 싶었고, 반대로
그가 그의 가족에게 그렇게 하듯 그의 가족을 이해하고
싶었다. 그것을 잘할 수 있는 사람이라는 것을, 자연스럽고
능숙한 사람이라는 것을 그와 그의 가족에게 보여 주고
싶었다. 그의 울타리에서 튕겨져 나오는 사람이 아닌,
울타리와 울타리 너머까지 거느릴 줄 아는 사람으로서.
만남의 무게와 목표에 대해 오래 생각해 온 만큼, 나는 내가
이것을 어렵지 않게 해낼 수 있을 거라 믿었다.

　연덕아, 내일 점심에 얼굴 보지 않을래.
　몇 주 전 남자 친구의 어머니에게 연락이 왔었다.
어머니가 나를 좋게 보고 계시고, 언젠가 나와 만나고
싶어 하신다는 이야기는 남자 친구를 통해 종종 전해 들어
왔지만, 계획에 없던 만남이었다. 왜 이렇게 급히 뵙게
되었는지 자세하게 적을 수는 없겠만, 남자 친구와 나
사이에 해결해야 할 중대한 문제가 있었고, 우리에게 많은

도움이 필요한 시점이었다. 어머니는 나만 괜찮다면 낮에 만나서 그것에 관해 이야기를 나누자고 하셨다. 갑작스러운 제안이었지만 나는 어머니께서 나서 주신 것이 감사해, 또 나 역시 이전부터 어머니를 만나 뵙고 싶었기에 알겠다고 말씀드렸다. 처음 뵙는 것이었고 남자 친구 없이 뵙는 것이었다.

그날을 생각하면 오늘 잠깐 보았던 개나리와 바위산, 그것이 주었던 순간적인 괴로움과 낯선 조형성이, 차갑고 어두운 아름다움이 떠오른다. 그날 많은 이야기를 나누었는데, 내가 남자 친구와 겪는 문제에 대한 어려움만 이야기하지는 않았다. 아니, 오히려 다른 이야기들을 더 많이 나누었다고 하는 것이 맞겠다. 그날의 분위기는 꼭 연출된 것처럼 편안하고 따뜻했고, 누가 멀리서 우리를 보았다면 사이 좋은 모녀나 이모 조카 사이처럼 보였을 수도 있었을 것이다. 남자 친구의 어머니는 놀랍도록 다정한 분이셨다.

처음 보는 사이고 또 예상치 않게 만난 사이다 보니, 대화에 공백이 생길 때마다 우리의 공통 화제는 역시 남자 친구가 되었는데, 그때 어머니의 시선을 따라 다시 그려 보았던 남자 친구는 내가 알고 있는 것과 비슷하기도 다르기도 했다. 그 사람이 없는 자리에서 그를 잘 아는 사람으로부터 그의 어린 시절, 생활 습관, 말버릇과 장점과

다른 얼굴, 그러니까 그의 옆모습과 뒷모습에 대해 듣는다는
것, 본 적 없는 것 같은 풍경을 보게 되는 것, 그러나 정말
본 적 없는 종류의 것인지는 확신할 수 없었다는 것, 그에게
가장 큰 사랑을 준 사람 앞에서 나의 사랑이 너무도 무력하게
느껴졌다는 것, 차가운 바위에 뿌리내린 개나리의 기묘한
빛에 눈이 자꾸 부시고 아팠다는 것. 어머니에 의하면 남자
친구는 잘 우는 사람이었고 퇴근할 때마다 전화를 하는 사람,
어릴 때 정말 예뻐 길 가는 사람마다 걸음을 멈추고 오래
들여다보았던 사람(일본 아이냐는 질문도 많이 받았다고 했다.),
아기 모델 제의를 받았던 사람, 어머니가 좋아하는 음식을
집에 자주 사 가는 사람, 잘 사과하고 잘 참는 사람이었다.

　　내가 없는 곳에서 우는 남자 친구를 상상해 보았다.
꼬박꼬박 집에 전화를 거는 모습을, 어쩔 줄 몰라하며
사과하는 얼굴을, 그가 가게 쇼윈도 높이만큼 자세를 낮추고
시선을 고정하고 가족들의 취향에 맞는 음식을 고르는
모습을, 아기자기한 옷을 입고 사람들에게 귀여움받았을
어린 시절을, 그의 주위를 어지럽게 했을 습기와 추위와
더위를, 용기가 되었을 언어와 상처가 되었을 언어들을
가늠해 보았다.

　　어느 정도 예상하고는 있었지만, 단순히 지인이나
친구들로부터 남자 친구의 이야기를 들었을 때와는 느낌이

달랐다. 가족의 이야기에는 더 내밀하고 눅진하고 미신적인
힘이 있었다. 남자 친구의 어머니 역시 나에게서 남자 친구
이야기를 들었을 때 이런 기분이었을까. 그 사람이 아주
많아져 내가 모르는 도시의 모르는 동네에서만 하루하루
열심히 살아가고 있는 것 같았다. 손을 흔들어도 나를
알아보지 못하고 활달한 걸음으로 지나쳐 가는 것 같았다.
비현실적으로 환한 기운과 자세로, 옆모습으로, 무한한
사랑 속에서. 그것이 슬프기도 하고 묘하게 안심이 되기도
했다. 그는 어디서든 잘 살아왔고 잘 살아갈 것이다. 그는
그로 존재할 것이고, 내가 생각지도 못한 부분에서 너무나
행복하고 자유로울 수도 있을 것이다.

　함께 하는 시간이 쌓이며 지금보다 그를 더 알게 될 수는
있겠지만, 끝내 그의 전부를 알지는 못할 것이다. 그와 그의
가족들 사이의 에너지도, 그가 등장하는 모든 이야기들의
돌출부도, 그의 갈등이 어느 정도의 깊이와 크기일지도,
그가 가족을 얼마나 사랑하는지도 다 알 수 없을 것이다.
어떤 풍경을 끝내 다 알 수는 없음을 깨달았을 때 이상한
방식으로 느려지고 평온해지는 마음이 두려웠다. 두렵지만
여전히 그를 사랑하고 있다는 사실, 그를 포기할 수 없다는
사실이 속절없이 잠깐씩만 아름다운 것 같았다. 바위산 앞에
섰을 때도 이렇게 아득했다. 정체 모를 꽃무더기가 공격하듯

위로하듯 나를 누르고 지나갔다.

　얕은 잠에서 깨어나듯 모든 것이 생경한 3월이었다.
글을 다 마칠 때가 되어 돌아보니, 처음부터 어떤 상징이나
연결점, 하나의 튼튼한 주제로는 환원될 수 없던 글이었던 것
같다. 그날의 상처에 대해 쓴 것인지, 다정하고 싶은 의지에
대해 쓴 것인지, 사랑하는 사람의 뒷모습과 그것을 지켜볼
수밖에 없던 나에 대해 쓴 것인지, 오늘 만난 이상한 바위산,
부드럽게 파열되던 풍경에 대해 쓴 것인지 잘 모르겠다. 전혀
아름답지 않게 피로하고 어지러운 모양으로 얽힌 글이 되어
버렸다. 다만 이것만은 분명하다. 이 글이 이 시기를 지나고
있는 나에게 유일하게 쓸 수 있고, 써야만 하는 글이었다는
것. 다른 것은 쓸 수 없었다는 것.

　그가 없는 자리에서 그의 가족을 만났던 순간들이 여전히
혼란스럽지만, 그냥 그 혼란스러움 속으로 들어가 그것의
얼굴을 천천히 기록해 보고 싶었다. 풀 수 없는 수수께끼를
풀어 보고 싶었다. 나는 사랑을 독점하고 싶었던 걸까. 내
사랑이 전부라고, 나는 그 사람 전체를 사랑할 준비가 되어
있다고 외치고 싶었던 그날의 유치한 마음. 어쩌면 이것이
사랑의 연약함이며 사랑의 본질인 것일까. 이런 창피한
마음이 어느 순간 강한 사랑이 되기도 한다는 사실을 때때로

믿을 수 없고, 때문에 자신이 없어지기도 하지만, 그 사람이
다치지 않도록 오늘 내 자리에서 나의 연약함을 똑바로
직시하고 싶다.

오늘은 남자 친구의 생일이다. 아직 슬픔과 기쁨이
얼룩덜룩 뒤덮인 마음속에서, 거대한 바위 앞에서, 그에게
내가 줄 수 있는 최대의 축하와 사랑을 주고 싶다. 그것이
지금은 조용한 눈물이나 웃음, 아주 약한 빛의 형태일 뿐이라
마음이 아프다.

2021년 4월 6일부터
2021년 9월 28일 사이의 짧은 일기들

그와 헤어졌다.

오늘은 출판사에 가서 입고된 시집들에 서명을 하는
중요하고 기쁜 날이었는데,

근사한 곳에서 편집자 분들과 버섯 피자 먹으면서도,

회의실에 혼자 남아 산더미 같은 시집들에 서명하는
동안에도 많이 울었다.

기다려 왔던 일인데, 동경하던 이름들을 적는 일인데

그에게 내 시집에 대한 이야기를 듣지 못한다면 이게 다
무슨 소용인가 싶었다.

편집부 세영 씨는 흰 시집들이 쌓인 것 보면서 꼭 눈이
잔뜩 내린 것 같다고 했다.

그 말이 너무 아름다워 메시지로 알려 주고 싶었다.

나 눈 속에서 서명하고 있어.

*

카페에 앉아 목요일 수업에 발제를 맡은 존 버거의 소설을
읽고 있다. 읽기에 탄력을 받으면 늘 술술 넘어가곤 하는
문장들이었는데 오늘은 아주 나른하게, 젖은 페인트가
마르길 기다리듯 한 자 한 자 천천히 넘어가는 느낌.

가려던 카페가 문을 닫아 조금 걸었다. 거리 가득
흔들리는 푸릇한 잎사귀들을 보니 이제 정말 봄의 절정이
지났구나 싶었다. 꽃이 지기까지 일주일 이 주일 지났을
뿐인데 몇 년은 숨 가쁘게 지나온 것 같은, 왜 이리 뭔가
깨달은 할머니가 된 것 같은 기분이 드는 거지. 차분하게
일렁이는 슬픔 속에서 바람이 좋구나 생각했다.

주변 사람들에게 책을 보내느라 바쁜 한 주였다.
작가들에게만 보내는데도 진이 빠져, 몇몇 친구들을

제외하고는 다른 친구들에게도 거의 전해 주지 못했고 되려
나중에 전해 주어도 되는 사람들에게 조금씩 먼저 전해
주고 있다. 그러니까 매번 내 앞머리를 잘라 주던 미용실
선생님, 제주에서 일하느라 몇 년째 얼굴도 보지 못한 대학
선배, 선배의 오랜 친구인 소방관에게. 내가 맺고 있는 여러
관계들을 순서 없이 질서 없이 돌아다닐 때 내게 주어지는
이상한 자유가 있다.

이달 말부터 다음 달까지 행사가 많이 잡혔다. 오프라인
낭독회는 세 개, 온라인 낭독회는 두 개. 다음 달부터는
미세하게 다른 색과 온도로 내 시집을 바라보게 될 것 같다.

*

새벽에 악몽을 많이 꾸었다.
다시 떠올리거나 적어볼 수 없을 정도로 끔찍한 꿈들.
3시에 한 번, 5시에 한 번 식은땀을 흘리며 깼다. 나의
무의식에 무엇이 움직이고 고여 있길래 이런 장면들을
구성해 낼까 생각하면 나 자신이 너무 낯설고 무서워.

비몽사몽 일어나 수업을 들었고, 기운을 좀 내려고
즉흥적인 오후 계획들을 세웠다.(우리 집에서 두 서점의
거리들을 가늠해 보았다.) 좋아하는 곳에 가 몸을 피곤하게
하면 두려움도 슬픔도 한 겹 벗을 수 있을 것 같았다.

튼튼한 가방을 들고 집을 나섰다. 이번 달 들어 가장
뜨거운 햇빛을 받으며 새로 생긴 미용실에 갔고, 한 달만에
앞머리를 짧게 잘랐다.
더 짧게 자르면 안되겠죠? 묻자 미용실 언니가 네, 지금도
너무너무 짧아서 안돼요! 웃었다.
미용실 근처에서 까눌레를 사 들고 향한 곳은 시집 서점
위트앤시니컬.

독립책방에 내 책이 놓인 것을 보는 것은 처음이었는데
대형서점에서 발견했을 때와는 완전히 다른 느낌이었다.

몇번이고 보았던,
내가 좋아하는 시집들이 놓이곤 하던 가로형 서가에 나의
흰 책이 놓인 것을 보니 공연히 마음이 찌르르 아프기도 하고
이상한 빛이 드나드는 것 같기도 했어.
위트앤시니컬에서 서명을 마치고는 한 시간 거리에 있는

진부책방에 다녀왔다.

해질 무렵 울고 있는 것 같은 조명들 사이에서
진부에서의 서명은 오늘 나에게 무엇과도 바꿀 수 없는
힘이고 기쁨이었다.
사려 깊고 아름다운 서점들에 내 작은 책이 놓이는 것이
나의 오랜 꿈이었다는 걸 새삼 느낀 오후.

돌아오는 길 여전히 더운 바람을 맞으며 오랜만에 버스를
탔다. 창을 통해 들어오는 바람이 달리는 속도와 함께
차가워졌다.
나는 중요한 사랑을 했어. 필요한 사랑이었고 고마운
사랑이었다. 그럼 된 거야. 눈을 감자 바람이 더 선명했다.

*

크리스티앙 보뱅『작은 파티 드레스』, 메리 루플『나의
사유 재산』. 최근 나에게 많은 위로가 되어 주었던 강하고
환한 책들. 부모님보다 나이가 많은 50년대생 초반 작가들의
문장, 진지하고 용감한 삶을 살았기에 쓸 수 있던 문장들을

발견할 때마다, 동시에 젊은 작가들을 월등히 넘어서는
예민하고 놀라운 감각들을 발견할 때마다 힘을 얻는다.

오늘은 낮에 은지를 만나 초저녁까지 있었고, 저녁 과외를
했고, 돌아와 이번 주 수요일에 낭독할 원고들을 추렸다.
원고의 부드러운 흐름을 따라가면서도 시간을 비슷하게
맞추어야 했기에 예상했던 것보다 시간도 품도 많이 들었다.

타이머를 켜고 읽고 싶던 시들을 천천히 낭독해 보았다.
어쩌면 첫 책보다도 더 큰 꿈이었던 첫 낭독회.
고작 이틀 남았다는 것이 믿기지 않는다.
인스타그램으로 팔로우하기만 했던 부산의 빈티지
가게에서 5월 낭독회에 입을 옷을 두 벌 샀다.
커다란 꽃이 새겨진, 전체가 흰색인 자수 블라우스와
위아래로 연한 하늘색인 긴 치마 셋업.
단순하고 별 장식 없이 단정하면서도 보자마자 내 것 같은
옷들이었다.

오늘 은지가 전해 준 엽서의 일부와,
『작은 파티 드레스』에서 나를 깊이 위로해 주었던 대목의
일부를 남겨 둔다.

+와 -를 잔뜩 잔뜩 모으는 일상 우리는 지금 어떤 숫자를 갖고 있을까? 삐빅 슴일곱이요- 정답……

새하얀 시집 널 닮아서 좋아. 순수함보다는 복합적 이유

사랑하고 상처받고 영향받지만 다시 하얗게 사랑하고 문을 여니까. 나는 이미 노인의 마음처럼 잔잔한 구경꾼 포지션으로 앉아 있다.

　　　— 이은지 엽서의 일부

'위대한 시인'이란 대체 뭘까. 아무 의미도 없는 말이다. 정말이지 무의미한 말이다. 자신의 글 뒤에 숨어있는 사람의 위대함은 오로지 날 것인 삶에 대한 온전한 복종에서 오기 때문이다. 적확한 말을 찾느라 수많은 밤을 송두리째 바치는 사람은 연인들이 서로에게 쏟고 어머니가 자식들에게 쏟는 조심스러운 염려를 내면에 키워갈 따름이다. 예술은, 예술의 진수는 사랑하는 삶의 찌꺼기에 불과하며, 사랑하는 삶만이 유일한 삶이다. 위대하다든지 시인이라든지 문학이라는 것도 무의미한 말이다.

　　　— 크리스티앙 보뱅, 『작은 파티 드레스』[4]에서

───────────

4　크리스티앙 보뱅, 이창실 옮김, 『작은 파티 드레스』, 1984Books, 2021.

*

보안여관까지 오는 길에 블라우스가 다 젖어 버렸다.
추울 것 같아 긴팔을 입고 나왔는데 결과적으로 더 추워져
버린. 더 멀리 가려고 했는데 이곳 노랗고 따뜻한 불빛이
너무 아름다워 계획을 모두 수정하고 유리문을 밀었다.
문을 열자마자 보안책방에서만 보았던 강아지 연두가 반겨
주어 더 기뻤지. 마감이 50분이라고 하니 이제 40분이
남았는데……. 시든 산문이든 일기든 내 글을 쓰는 것이 너무
오랜만이라 간단한 한두 문장을 쓰는 데에도 긴장이 된다.
  레터와 클래스가 겹쳤을 때는 한 주에 꼬박 시 열세
편씩을 꼼꼼하게 읽어 냈어야 했는데, 이번 주에는
만해학교(동국대학교 문창과 학부생들과 이틀에 걸쳐 진행하는 시
워크숍)가 겹쳐 버려 이틀 만에 거의 마흔 편에 가까운 학생들
시를 분석해야 했다. 금요일엔 만해학교 일정이 끝나자마자
두 시간 안에 클래스 수강생들의 시 아홉 편을 분석해야
했는데, 나도 몰랐던 내 안의 초인적인 힘이 발휘되어 다
끝내긴 했다.
  어쨌든 물리적인 시간 자체가 부족해 새벽에 일어나
시를 보거나 아예 늦게 자 버리거나 했는데도 하루에 서너
시간 밖에 자지 못했고, 내 상태가 위험하다고 느낄 정도로

너무나 피곤했다. 신기한 것은, 막상 수업에 들어가면 언제 피곤했냐는 듯 행복하게 생동하는 나의 전체를 느낀다는 것. 시 쓰기 이후로 '내가 살아 있는 것 같다'고 느낀 일을 새로이 발견한 것 같다는 점. 특히 창비 클래스 분들 시가 한 주 한 주 좋아지는 것을 보며 얼마나 벅찬지 모르겠다. 오래도록 가르치고 싶다. 부족하지만 내 최선을 들여 오래오래 가르치고 싶다.

내일부터는 다시 일정들이 시작돼 오늘 단 하루의 여유가 있었는데, 호기롭게 낮부터 나가 내 작업을 해야지 책을 읽어야지 멍 때리고 있어야지 다짐했던 것이 무색하게 저녁까지 잠에만 빠져 지냈다. 속상하지만 지금의 아주 짧고 아름다운 저녁 산책을 위한 긴 잠이었던 것도 같다.

무언갈 공격하듯 비가 아주 많이 내리는 밤이다. 나는 계속해 젖으면서도 자주 멈출 수밖에 없었는데 가로등 불빛을 뚫고 하얗게 풍경을 찢는 빗줄기가 너무 아름다워서, 아니 아름다움의 차원을 넘어선 아무렇지 않음이 그 격렬한 무심함이 내게 설명할 수 없는 커다란 안식을 주어서 자꾸만 내가 점점이 흩어져 버릴 것 같았기 때문에. 부드럽지 않은 형태로 도로를 때리는 빗줄기와 그것과는 무관하게 무척 초연하게 푸르른 거리의 식물들과 보안여관 안의 둘씩 셋씩 짝을 지어 앉은 사람들의 따뜻함이, 그리고 나의 혼자 됨이 완벽하고 조용하게 흐르고 있는 밤. 나는 행복한 사람 같다.

*

문예지 가을호 원고를 보냈다.

여름호 원고들 이후 아주 오랜만에 쓴 시인데, 시집 발간
후 쓰는 시들은 내게 전부 어떤 방식으로든지의 도전 같다.
문장들 자체는 점점 투박해지는 것 같기도 하다. 길이도
짧아지고 커다란 단어도 많이 가져오게 되고, 요즘엔 다른
방식의 세공에 더 관심이 가는데 심심하거나 평범해졌다고
생각하는 사람도 있을 것이다.

오늘도 나에게 중요한 원고를 썼다. 허둥지둥 실수하고
세상 온갖 것들에 모르는 새 상처 주는 불확정적인 나를,
나의 치부를 써내려고 할 때만 '진짜를 쓰고 있는 게 아닐까'
하는 확신이 커졌다. 부끄럽지만 형태적으로는 전혀
아름답지 못하다.

제목은 「평범하고 차가운 재료들로 신축된 가정집」.

쓰면서 자꾸 주춤했던 한 대목만 옮겨 둔다.

똑똑하지 못해 내게서 버려진 나들은 모두
뒤늦게 아주 영악하고 차분하고

부지런해진다는 공통점이 있다.

그들은 작업복이나 우비에서 돋아난 차가운 날개로
움직이되 전략적으로
휴식하며
서글픈 집중을 요하는 기술을 배울 뿐 아니라

자기들끼리 알아보고 한 뭉텅이 시끄러운
조금은 육체적인 과거를 이뤄 내게 사시사철 집 지어 주는
일을 시작한다. 그러나 그런 사랑을 마치고는 현장에 결코

오래 머무는 법이 없어 그들의 수를 세거나
거주지를 알아내 재료를 제공하고 적당한 삶과 감정을
지불하는 것은 나란히 걷거나 앉은 채 고요한 시간을 보내는
것은 이미 불가능했기에 이 건축에는 일방적인 노동과
부담이라는 뚜렷한 한계가

성실한 기이가 있었다.

—「평범하고 차가운 재료들로 신축된 가정집」에서

　　나무 건반과 페달 소리가 다 들리는 트랙(하루카
나카무라의 「Still Life」.)을 들으며 마지막 문장을 썼다. 이
문장들로 현실의 내가 무엇을 돌파할 수 있을지 아직은 잘
모르겠다. 이미 돌파한 것인데 내가 모르고 있는 것이라면
얼마나 좋을까. 현실에서의 시간과 작업에서의 시간은 아주
다르게 흘러가는 것 같다. 그런데 가끔, 아주 절묘하게 같은
시간으로 완전하게 포개지는 시간으로 느껴질 때도 있다.
같은 방향으로 흐른다기보단…… 앞서 달려가는 시간과
역행해 이쪽으로 달려오는 시간이 부딪쳐 무언가 아주
사실적인 것이 솟구치는 순간.

　　생각이 많은 날들이다.
　　나의 사랑이나 복잡함과는 상관없이 성큼성큼 흐르고
있는 여름. 우선 오늘 밤까지 수업 기획서 두 개를 써내야
한다.

*

청소년 시절 이후로 올림픽을 정말 열심히 보고 있다.
여유가 생긴 건 절대 아닌데, 그냥 할 일들을 미뤄 두고
경기를 본다. 거의 전 종목 전 경기를 놓치지 않고 있다
보니(친구와의 약속 중에도 양해를 구하고 함께 본다.) 설명할 수
없는 스포츠의 에너지에, 스포츠의 언어에 빠져드는 것 같다.
이상하게 들릴 수도 있겠지만, 요즘엔 좋은 경기 한 세트
보는 것이 좋은 책 한 챕터 읽는 것보다 내게 훨씬 섬세하고
역동적인 기운을 준다.

선수들의 표정이나 코치의 눈빛 제스쳐, 밀고 가거나
뒤집히는 경기의 흐름들, 흔들림들, 확고함들 사이에 있다
보면 언어화되기 이전의 언어들이 경기장과 내 사이의
틈을 시원하게 벌린 채 마구 돌아다니는 기분이다. 처음의
언어들과 따뜻하게 만나는 기분. 오늘은 양궁 16강, 양궁 8강,
펜싱 8강, 펜싱 준결승전, 펜싱 동메달 결정전, 야구, 축구,
배구를 봤다. 여름 지나며 통 시를 쓰지 못했는데 스포츠에
관한 시를 꼭 쓰고 싶다.

몇 개월간의 일정들로 번아웃이 온 것인지 몸이 그리
좋지 않다. 8월 되기 전에는 할 줄 알았는데 생리가 두 달

가까이 밀려 낮에 병원에 다녀왔다. 여름이 좋지만 이제는
얼른 지나가 버렸으면 하는 마음. 거리는 여전히 짧은 꿈처럼
푸르고 뜨거웠다.

스트레스성으로 이 정도 밀리는 건 자연스러운 거라고,
걱정할 정도는 아니라는 의사 선생님 말씀이 위로가
된다. 과외 준비도 끝내고, 가능하다면 작업도 시작하고
부지런히 일요일을 보내고 싶다. 다시 힘껏 사랑할 수 있도록
중심을 단단하게 하고 싶다. 단단함은 때로 부서짐 무너짐
부드러움과 잘 구분되지 않지만, 그것들과는 구분되는
분명한 단단함으로.

*

물리적인 시간 자체가 부족해 요즘엔 아침에 시간을
내 매일 시를 쓰고 있다. 아침 9시부터 11시까지는 무조건
글 쓰는 시간으로 정해 두고 일찍 여는 카페에 나간다.
필사적으로 시간을 내는데도 이렇게까지 안 써지는 건
처음인데, 두 시간 동안 두 문장이나 세 문장 쓰고 오기도
하고 기껏 썼던 것을 다 지우고 일어나기도 한다. 며칠
조바심이 나기도 했지만, 그냥 요즘엔 잘 안 써지는

주간이구나 받아들이고 있다. 그리고 결국 일주일간 붙잡고 있던 시를 버리기로 했다.

　내일부터는 새로운 마음으로 새것을 쓴다. 한 시간 더 일찍 일어나 해 봐야겠다.

　목요일부터는 광주로 내려가 수업을 한다. 그리고 금요일이면 벌써 10월. 학생들 입시 준비, 대학원 진도 따라가기, 작업까지. 숨 쉴 구멍이 정말로 필요한 날들. 그래도 지난 금요일 『재와 사랑의 미래』온라인 낭독 행사를 위해 「긴 초들」그림을 여러 장 그린 순간만큼은, 마음에 흰 빛 부드러운 빛이 도는 것 같았다.

　계속 잘 쓰지는 못하더라도 계속 쓰는 사람이 되고자 한다. 계속해 시도하고, 실패에 덤덤해지고, 두려움 없이 내 문장들을 지울 줄 아는, 지우면서 더 많은 것을 써 나가는 사람이고 싶다. 기다리면서 계속 해 보자. 백지 앞에 기쁘고 힘 나는 마음이 들지 않더라도, 좋아하는 마음이 생기지 않더라도 계속하는 마음만은 포기하지 말자. 그냥 하자. 늘 그래 왔던 것처럼.

2021년 10월 14일

지난 주말, 오래된 신학서가 집에 잔뜩 들어왔다.
1920~30년대에 활동하던 일본 신학자들, 그러니까
우치무라 간조(內村鑑三)나 요네다 유타카(米田豊)의 까마득한
고서적들이. 조금 의기소침하되 바탕은 당당한 사랑처럼
페이지들은 군데군데 바래 있었고, 물휴지나 수건으로
일일이 닦아내야 할 정도로 표지가 더러웠다. 이것들은
아빠가 그리 멀지도 특별히 가깝지도 않은 지인에게 받아 온
것으로, 원래 지인의 아버지인 원로 목사가 모으던 책이었다.
아버지가 돌아가시기 전까지 그가 자기 아버지나 아버지의
직업에 대해 언급한 적은 없었기 때문에, 그의 아버지가
목사라는 사실은 아빠도 여태껏 몰랐다고 한다.
　부모님은 마루에 마주 앉아 그 신학서들을 깨끗하게

닦는다. 얼굴도 키도 목소리도 모르는 한 원로 목사의 소장품들, 그간 목사의 책장에서 고요히 숨죽이고 있었고 지금은 뜬금없이 우리 집 거실로 흘러들어와 햇빛을 받고 있는 두 신학자들을. 책들을 말려야 한다고 띄엄띄엄 일정한 거리를 두어 세워 두었는데, 반은 어둠에 반은 빛에 잠긴 그것들의 모습이 비석 같기도 하고, 젊은 독신자(篤信者)의 확신이나 아름다운 도미노 같기도 하다.

나는 우치무라 간조와 요네다 유타카의 책을 한 페이지도 제대로 읽어 본 적 없고, 아빠의 지인이나 지인의 아버지였던 목사를 만나 본 적도 없으며, 부모님의 책 닦기를 돕지도 않았지만 앞뒤 표지를 말리기 위해 우뚝 세워 둔 그 책들을 보며 알 수 없는 기분에 휩싸인다. 정리된 듯 흐트러진 듯 가지런히 배열된 책들의 모양에 이상하게 마음이 끌리고, 마음이 아프다. 무언가 아주 그립기도 한데, 그것이 신학자들이나 일본이나 만나 본 적 없는 사람들을 향한 그리움은 아니다. 나조차 모르는 것들이 보고 싶은 것 같은데 낮의 먼지 속에 말라 가는 책들을 바라보면, 살아 보지 않은 세계의 사람들 추억들과 나 자신이 어느 순간 깊이 만나는 것 같다가도, 눈 깜짝할 사이 헤어지는 것 같다. 나른한 깨닫기와 잊기를 반복하는 사람처럼 나는 한동안 거실에 서 있다. 그리고 아마 책의 모든 챕터를 이런 확실한 지연의

시간들로 써 내려갔을 앤 카슨의 첫 시집, 어쩌면 첫 산문집,
『짧은 이야기들』[5]을 떠올린다.

　우치무라 간조의 역사와 요네다 유타카의 역사와 원로
목사의 역사와 목사 아들의 역사와 우리 가족의 역사. 그
지루하고 기나긴 역사들이 우리 집 거실에 두꺼운 그림자로
겹쳐지는 순간에도, 결국 생생히 정지된 장면, 가벼운 한
장면만이 내게 남았다. 그녀 역시 그녀 자신과 세계와 사랑의
두꺼운 역사를 할 수 있는 한 가장 가늘고 정확하게, 가장
작은 크기와 두께로 쪼개어 냈을 것이다.

　『짧은 이야기들』은 마흔 다섯 개의 챕터로 구성되어
있는데, 각각의 챕터는 짧으면 한 문장, 길면 아홉 문장으로
이루어져 있다. 때문에 그 챕터들을 떠올리면 주말에 우리집
거실에서 동시에 말라 갔던 작은 비석들이 떠오른다.
고요하고 격렬하고 무심하고 뜨거운, 아주 작고 명징한
비석들. 카슨은 기둥과 대들보와 완벽한 자재들을 가져와
비나 눈이 새지 않는 건물을 세우는 것에는 관심이 없어
보인다. 그러니까 안전한 요새를, 도시를 건설하는 데에는
관심이 없어 보인다. 대신 그녀는 벽돌 한 장, 풀 한 포기의

5　앤 카슨, 황유원 옮김, 『짧은 이야기들』, 난다, 2021.

움직임에서, 계속해 깎이며 산산조각 나는 장면에서, 영원히
작아지는 한 장면에서 세계를 본다. 사적인 디테일이 세계의
전부라고, 상처를 냈으니, 빛이 드나드는 통로를 냈으니
여기 들어와 진짜 삶을 보라고 그녀는 『짧은 이야기들』에서
외치고 있는 듯하다. "나는 매일 잠에서 깨자마자 당신을
생각한다. 누군가가 새들의 울음을 공기 중에 보석처럼
박아놓았다."는 「많이 사랑받는 기쁨에 대한 짧은 이야기」의
전문이다. 새들의 웃음이 아닌 '새들의 울음', 침대맡이나
테이블 밑이 아닌 '공기 중에', 향기처럼이 아닌 '보석처럼'.
그녀의 언어는 이토록 적확하고 비겁함이 없고, 한치의
게으름도 현학도 허용하지 않고, 어절과 어절 사이의 가파른
계단들을 진지하고도 용감하게 내딛는다.
    "프로코피에프는 병이 들어서 다른 누군가가 연주하는
자신의 피아노 소나타 제 1번 연주회에 참석할 수 없었다.
그는 그 연주를 전화기로 들었다."는 「음악에서 느낀
실망에 대한 짧은 이야기」의 전문, "내가 술을 마시는
이유는 노란 하늘 위대한 노란 하늘을 이해하기 위해서지,
라고 반 고흐는 말했다. 그는 세상을 바라보면서 존재들에
색채를 고정시키는 못들을 봤고 그 못들이 고통스러워하는
모습을 봤다."는 「반 고흐에 대한 짧은 이야기」의 전문,
"프란츠 카프카는 유대인이었다. 그에게는 여동생이 하나

있었는데, 이름은 오틀라, 유대인이었다. 오틀라는 법학자와 결혼했는데, 이름은 요제프 다비드, 유대인이 아니었다. 1942년에 보헤미아-모라비아에 뉘른베르크법이 도입됐을 때, 말수 적은 오틀라는 요제프 다비드에게 이혼을 제안했다. 그는 처음에는 거부했다. 그녀는 잠의 형상들과 재산과 두 딸과 합리적 접근 방식에 대해 이야기했다. 1943년 10월에 그녀가 죽게 될 곳인 아우슈비츠는 언급하지 않았는데, 아직 그 단어를 알지 못했기 때문이다. 아파트를 정돈한 후 그녀는 배낭을 쌌고, 요제프 다비드는 그녀의 구두를 잘 닦아주었다. 그는 기름을 한 겹 발랐다. 이제 이 구두는 방수 구두야, 그가 말했다."는 「방수 처리에 대한 짧은 이야기」의 전문이다.

　유대인이었던 오틀리와 유대인이 아니었던 요제프 다비드의 복잡하게 두꺼웠을 역사, 형용하거나 가늠할 수 없는 사랑의 역사, 디테일 바깥의 관념이나 감정으로 거대히 덮어 버릴 유혹이 있었을 만큼의, 슬픔의 역사를 카슨은 이 한 장면으로 벼려 낸다. 삶은 관념이 아니고 삶은 문학적이거나 합리적인 문장들이 아니고, 긴긴 역사들의 총합이나 변형들만인 것도 아니고, 삶은 요제프 다비드가 방수 처리해 준 오틀리의 구두이며, 프로코피에프가 전화기를 통해 들은 자신의 피아노 소나타 제 1번 연주회, 고통스러워하는 못들을 목격하는 반 고흐의 눈이기 때문이다. 삶은 일요일 오후에 도미노 형태로 말라 갔던 두 일본 신학자의 서적들, 서적들의 아름다운 조형성과 단지 그 형태로만 설명되었을 때 책들이 스스로 드러내게 될 빈약함, 눈부신 자신 없음이기 때문에, 그러나 역사가 감히 끼어들 틈이 없는, 현장의 불길과 불가사의이기 때문이다. 원로 목사는 등장하지 않는 원로 목사의 이야기, 그러나 역설적이게도 등장하지 않음으로 그의 존재가 투명하고 가늘게 드러나는 이야기, 목사의 아들이 갑작스레 드러나는 이야기이기 때문이다.

앤 카슨은 전체 장면을 비스듬히 기울여 중간을 댕강 잘라 버리거나, 제자리에서 조용히 대결하고 있는 자존심 강한 사랑들을 끝까지 살려 두거나, 디테일이 모든 것을 잡아먹게 하거나, 절묘한 빛 속에 얼어붙게 하는 식으로 짧은 이야기들을 완성해 나가고 있다. 마흔 다섯 편의 『짧은 이야기들』 모두 꼿꼿이 선 채 나를 부드럽게 에워싸고 내려다보는 것 같지만, 특히 내가 좋아하는 짧은 이야기들은 앞서 소개한 것들과 함께 「왜 어떤 이들은 기차에 마음이 들뜨는지에 대한 짧은 이야기」, 「자폐증에 대한 짧은 이야기」, 「뒤로 걷기에 대한 짧은 이야기」, 「독서에 대한 짧은 이야기」, 「꿈에서 알게 되는 진실에 대한 짧은 이야기」,

그리고 「후기에 대한 짧은 이야기」이다. 「후기에 대한 짧은 이야기」는 정말 『짧은 이야기들』에 대한 저자의 후기인데, 후기 역시 같은 형식으로 구성되어 있다. 카슨의 간결한 후기가 이 책이 끝나지 않고 마르지 않고 영영 젖어 있을 것만 같은 행복한 충격을 주었기에, 여기 그 전문을 옮겨 두고 싶다. "후기는 재빨리 피부를 떠나야 한다. 소독용 알코올처럼. 여기 그 예가 하나 있는데, 에밀리 테니슨의 할머니가 자기 결혼식 날인 1765년 5월 20일에 남긴 일기의 전문은 다음과 같다 :『안티고네』를 다 읽었고, 주교와 결혼했다."

끝으로, 카슨 식의 짧은 이야기로 나의 지난 주말을 정리해 보고 싶다.

●
일요일 오후의 책 말리기에 대한
짧은 이야기

우치무라 간조와 요네다 유타카의 신학서는 아빠의 지인의 아버지로부터 왔고, 수건으로 일일이 표지를 닦아야 할 만큼 상태가 나빴다. 부모님은 그것을 비석이나 도미노처럼 일렬로

세워 말렸는데 햇빛 때문에 책등이 어두워졌다 밝아졌다
반복했다. 책의 주인은 생전에 이것들을 이렇게 바닥에 세워 둔
채 바라본 적이 있었을까?

　책방을 돌아다니면서 닥치는 대로 이것들을 모으고 책들
그대로의 무게를 느끼며 집으로 달려가던 시절, 원로 목사는
이것들이 나의 시선과 물과 일요일의 햇빛 속에 처분될 줄
몰랐다.

2021년 12월 3일

선생님, 언제 영화 보러 가시겠어요?

단정한 검은색 원피스에 커트머리, 소년처럼 장난스레 솟다 갈라지는 목소리.

나보다 39세 연상의 여성.

강의실 맨 앞자리에 허리를 꼿꼿이 편 채 부드러운 가을 그 자체처럼 앉아 있던, 어린 선생의 서툰 수업에서 가장 많이 눈 마주치고 가장 많이 고개를 끄덕여 주던 사람, 애화 씨.

선생님, 우리 광주 극장에 가요. 극장 안내를 해 드리고 싶어요.

그것이 아직도 선명한 애화 씨와의 첫 대화였다.

타지에서의 첫 수업이었던 탓일까. 어린 학생들부터
중년의 어른들, 어르신들까지 들어오는 수업을 진행하는
것에 지나치게 긴장했던 나는 저녁 수업이 끝나자마자
완전히 기진해 있었다. 혹시 실수한 것은 없었을까, 최대한
많은 것을 잊지 않고 전달하려 빼곡히 적어 둔 종이 뭉치들
사이에서도 가볍고 어둡게 놓친 것들이 있었지. 이 글자들은
영원히 나만 알게 되었어. 옅은 안도나 기쁨이 내려앉기도
전에 날것의 피로가 몰려왔고, 나는 흩어져 있던 수업
자료들을 모아 가방을 싸기 시작했다. 곧 서울로 돌아가는 밤
기차를 타러 가야 했기에. 그때 내 앞에 다가온 사람이 애화
씨였다.

첫 수업이었던 이날, 나는 수강생 한 사람 한 사람에게
이 수업에 어떻게 들어오게 되었는지 물었다. 의외로
광주극장의 홈페이지에 올라온 소개글을 보고 수강하게
되었다는 사람들이 많았는데, 나는 여러분들에게 의미 있는
공간이면서 우리를 만나게 해 준 곳이기도 하니 그 극장이
참 고맙고 궁금하고 한번 가 보고 싶다는 이야기를 지나가듯
했다. 그리고 광주극장을 누구보다 사랑하는 애화 씨가 그
말을 주의 깊게 들었던 것이다. 애화 씨와 친해져 마주앉아
차 한잔하는 사이가 되었을 때, 이날의 일을 이야기하니
그녀는 서랍 속 보물 상자를 들킨 아이처럼 웃었다. 자신은

원래 누구에게나 말을 잘 거는 사람은 아니라고, 아마 극장이 계기가 되지 않았다면 내게 말을 걸기 어려웠을 거라고, 광주 극장은 자신에게 조금 다른 의미라 순간적으로 조금 다른 자신이 될 수도 있는 것 같다고.

그렇게 처음 만난 우리는 바로 핸드폰 번호를 교환했고, 내가 광주에 방문하는 날들 중 하루를 골라 점심을 먹고 영화를 보기로 했다. 그날 어떤 기분으로 기차를 타고 서울로 돌아갔는지는 제대로 기억나지 않지만, 아직 펼쳐지지도 않은 애화 씨와의 시간들을 흔들리는 차창에 겹쳐 보고 만져 보던 순간만은 또렷이 남아 있다. 긴 하루의 끝, 희멀건 기차의 조명 속에서 나는 아주 편안하게 눈을 감았다.

수업이 시작되고 3주가 지나서야 우리는 광주송정역 앞에서 만날 수 있었다. 애화 씨는 광주극장으로 향하는 지하철에서 그녀가 지금 만들고 있는 그림책의 그림들을 몇 장 보여 주었는데 따뜻함과 유머와 정교함이 공존하는 그녀의 그림은 이야기보다 많은 이야기를 품고 있었다. 어느 부분에서는 인내했고 어느 부분에서는 과감했다. 사이사이 공백을 두다가도 거세게 붙잡힌 부분에 대해서는 자세하게 묘사했다.

그림책의 주제도 광주극장이었는데, 고등학생 시절의

애화 씨가 처음 거기서 영화를 관람했을 때의 이야기부터 그것을 계기로 광주극장을 사랑하게 되었다는 이야기, 직장 생활에 힘이 들 때면 안식처와 같던 그곳에서 혼자 영화를 보곤 했다는 이야기, 광주극장이 너무도 그리워 출산 후에도 100일 된 아이와 함께 영화를 보러 갔다는 이야기, 지금까지도 자주 방문해 극장 직원들과 가족처럼 특별한 관계가 되었다는 이야기까지 그녀의 삶은 광주극장이라는 거대하고도 투명한 한 축으로 구성되고 맺히고 흐르고 있었다. 애화 씨에게 있어 광주극장은 영화관 이상의 의미가 있었다. 그녀에게 광주극장은 오랜 아지트이자 친밀하고 복작한 사랑들로 가득한 곳이었지만, 동시에 상영관의 어둠과 먼지 속에서, 개개의 이야기와 대사 속에서 애화 씨를 완전하게 혼자일 수 있게 하는, 살아 있는 고독에 속하게 해 주는 곳이었다. 그녀의 고유한 자유가 거기 있었다.

극장 근처에서 간단하게 점심을 먹은 우리는 영화 시작 전 극장을 구석구석 돌아다녀 보기로 했다. 물론 애화 씨의 안내에 따라. 애화 씨는 지금은 비어 있는 공간을 가리키며 저곳이 매점이었고 한때는 영화를 기다리는 사람들과 영화를 보고 나온 상기된 얼굴의 사람들로 가득했다고 말해 주었다. 젊은 날의 애화 씨는 저기서 무엇을 사 먹으며 상영 시간을 기다렸을까. 어떤 시끌시끌함이 영화를 둘러싼

그녀의 감정을 뚫거나 뚫지 못하고 지나갔을까. 한 공간에
꾸준한 애정을 지녀온 사람에게만 발견되는 상실감과
단단함이 애화 씨의 옆얼굴에 번갈아 나타났다. 자기만의
구체적인 시절을 지닌 사람과 하루를 보내는 일은, 한낮의
삐걱이는 계단과 강한 빛 곁에 서 있는 일은 이토록 쓸쓸하고
생생한 일이구나. 대상 없이 그리워 아름다운 일이구나.
극장만큼이나 영화도 무척 사랑하는 그녀에게 하루에 영화
두세 편을 연달아 보는 것은 일상이었다. 올해는 바빠서
200편 정도밖에 못 봤다는 그녀에게 나는 눈을 동그랗게
뜨고 말했다. 저는 젊은 사람 나이 든 사람 가리지 않고
이렇게나 영화광인 사람은 처음 봤어요.

  씩씩한 걸음의 애화 씨는 왼쪽 구석으로 굽이굽이
들어가야 나오는 간판 작업실로 나를 안내했다. 광주극장의
독특한 문화 중 하나는 아직도 영화 포스터를 일일이 손으로
그린다는 것이었는데, 문을 열고 들어가니 커다란 포스터
캔버스들과 그것들보다 커다란 이젤을 앞에 두고 서 있는
화가가 있었다. 그는 애화 씨와 또래로 보였는데 오래도록
광주극장의 포스터를 맡아 그리신 분이라고 했다. 시간의
흐름에 맞서기라도 하듯 붓과 색과 물감의 두께는 확신에
차 있었다. 화가의 눈 역시 그랬다. 애화 씨가 아니었다면
들어와 볼 수 없었을 곳에서, 역시 알거나 만날 수 없었을

사람을 눈에 오래 담았다.

　다음으로 우리는 2층의 영사실에 들어가 보았다. 단관
극장인 광주극장은 입구가 1층과 2층에 있었는데, 영사실만
얼른 둘러보고 영화를 보러 갈 생각이었다. 영사실의 직원은
평소 애화 씨와 잘 아는 사이라 그런지, 그녀가 문을 벌컥
열고 들어갔는데도 조금도 놀라는 기색 없이 반갑게 맞아
주었다. 매표소에서 관람객을 맞듯 오셨어요, 자연스레
답하는 그의 태도에 슬몃 웃음이 났다. 태어나 처음 들어와
보는 영사실. 기대와 달리 별다른 것은 없었지만 텅 빈
영화관의 부분들에 능청스레 닿아 보는 것만으로 좋았다.
가장 부드러운 방식으로 벽과 벽을 헤집고 침범해 보는
기분. 그리고 이 모든 것이 애화 씨만의 순전한 역사들로
가능해졌다는 점도 좋았다.

　우리는 10여 년 만에 재개봉한 「고양이를 부탁해」를
보았다. 2000년대 20대 초반 여자아이들의 이야기를 애화
씨와 함께 보고 있다는 감각. 스무 살을 7년 전에 지나쳐 온
여자와 더 오래 전 지나쳐 온 여자가 나란히 앉아 이 영화를
보고 있다는 사실이 기뻤다. 애화 씨와 나 모두에게 스무
살이 지나가 버렸다는 사실은, 갓 성인이 된 여자였던 적이
있다는 사실만은 나이 차를 넘어 우리의 분명한 공통점이

되었으므로. 스크린 아래 서울의 언덕과 광주의 애화가
스물이라는 나이로 힘껏 뛰어오고 있었으므로.

하지만 영화의 주제나 내용에 대해서보다 불이 다 꺼지기
전, 영화관에서의 차갑고 낯선 공기에 대해 더 말해 보고
싶다. 모든 좌석은 붉은 천으로 덮여 있었고 스크린은 무대에
걸쳐 내려와 있었는데 연극이나 음악회를 해도 좋을 만큼
넓고 근사한 무대였다. 실제로 이전에는 다른 공연을 올리는
공연장으로도 사용되었었다고, 애화 씨는 후에 이야기해
주었다. 사라진 선율, 사라진 동작, 그러나 계속되고 있는
그때의 천장과 그때의 추위와 그때의 공기. 때문에 나에게는
지나간 수수께끼가 많은 공간들이 항상 신비하다. 그것을
체감했던 사람의 머릿속 상을, 실제했던 빛을 전부 훔쳐볼 수
없다는 사실은 더욱이.

다른 영화관보다 계절을 잘 타는(광주극장은 오래된
건물이라 여름에는 더 덥고 겨울에는 더 춥다고 한다.) 이곳에서
각각의 아름다움들도 놀라고 당황하며 즉각 영향을
받았겠지. 영화 시작 전, 애화 씨가 겨울에 극장이 많이
춥다며 자신의 푸른 스카프를 내 무릎에 덮어 주던 순간이
떠오른다. 오래된 건물이라 난방이 잘 안 되거든요. 이걸
덮고 있으면 그래도 좀 나을 거예요. 영화가 시작되었고,
푸른색은 나의 무릎 위에서 부드러운 어둠과 따뜻함으로

즉각 기억되었다.

　다시 나는 선생, 애화 씨는 수강생이 되어 도서관
수업으로 향하는 동안 그녀는 그녀의 삶과 광주극장에 대해
남은 이야기를 더 들려주었다. 그림책『나와 광주극장』은
마지막 수업 즈음 완성이 될 것이고, 첫 책을 꼭 내게 주고
싶다고. 앞으로도 이 이야기에 국한되지 않는 다른 많은
그림책을 만들고 싶다는 그녀의 눈이 반짝였다. 은퇴 후에는
도서관에서 일해 왔다고, 도서관 일도 끝나면 이제 무슨
일을 해야 할지 고민 중이라 이야기해 주었을 때와 같은
눈이었다. 영화와 그림책과 일상의 자질구레한 삶 모두 애화
씨에게는 같은 무게로 크고 소중했다. 애화 씨는 하고 싶은
일에 용감히 뛰어들었고 어느 것 하나 삶을 회피하기 위한
수단으로 삼지 않았다. 그녀의 열정은 일상을 매몰시키거나
일상에 매몰되지 않았다. 일상과 열정이 서로를 깊이
존중하고 있었다.

　바로 저녁 수업까지 이어지는 긴 일정이었지만 그날
수업은 왜인지 더 힘을 내서 할 수 있었다. 그날도 맨
앞자리에 앉은 그녀는 고개를 끄덕이며 눈으로 많은 말들을
보내며 내 수업을 들었다. 모든 것이 처음인 도시에서 이토록
다정하고 뜨거운 친구를 사귀게 되다니. 그렇게 다음 주, 그
다음 주에도 나는 특별히 그녀를 기다리게 되었다.

남은 몇 주는 금방 지나갔다. 마지막 수업까지 마치고 서울로 돌아온 뒤에도 애화 씨는 가끔 내게 연락을 해 왔는데, 광주극장에서 좋은 영화를 보게 되거나 책에서 근사한 구절을 발견할 때면 친근하되 조심스러운 태도로 그녀는 메시지를 보내곤 했다. 그녀가 고른 단어와 사이사이의 공백, 메시지의 길이에서 결코 쉽게 쓴 말들이 아님을 알 수 있었다.

그리고 광주에 다녀온 지 두 달 가량 지난 12월의 첫 주말, 애화 씨는 서울에 방문했다. 새 계절이 찾아오는 동안 우리에게는 나누고 싶은 이야기가 두텁게 쌓여 있었고, 애화 씨는 용산역에 마중 나간 나를 발견하자마자 환한 눈발처럼 내게 달려와 안겼다. 겨울이 되고 처음 만난 그녀는 끄트머리에 둥근 술이 달린 모자를 쓰고 있었다. 그녀가 걸을 때마다 모자의 술이 미세하게 흔들렸다.

광주에서 애화 씨가 애화 씨의 공간에 데려가 주었듯 이날은 내가 평소 좋아하고 아끼던 공간을 애화 씨에게 소개해 주었다. 우리는 서촌 골목을 돌아다니다 직장인들 사이에서 점심을 먹고, 몇 군데의 작은 책방에서 신중하게 책을 고르고, 코트를 여민 채 춥다 춥다 호들갑 떨다가, 영추문이 마주보이는 카페에 앉아 차를 마셨다. 물도 빛도 나오지 않던 덕수궁의 차가운 분수를 망연히 바라보다

행인에게 부탁해 그것을 배경으로 기념사진을 남기기도
하고, 국립현대미술관에 올라 긴 시간 박수근의 전시를
보기도 했다. 박수근이 그린 나팔꽃이나 참새들 그림
귀퉁이에 서명된 '수근'을 가리키곤, 꼭 그것들끼리 떠드는
소리 같지 않냐던 애화 씨. 재차 괜찮다던 나에게 큼지막한
도록을 사서 건네주던 애화 씨. 그녀는 저녁으로 따뜻한
우동과 맥주까지 사 주었다.

그러나 이렇듯 이날의 피곤하고 다채로운 빛들 사이에서
가장 인상적으로 남아 있는 장면은 바로 우리가 마지막으로
가 보았던 시청의 카페. 애화 씨에게 소개해 준 공간들
중 유일하게 나도 처음 가 보는 곳이었는데, 짐 자무쉬의
영화 제목이기도 한 '커피 앤 시가렛'은 엘리베이터를 타고
17층이나 올라가야 했다. 애화 씨는 엘리베이터에 붙어
있던 상호명을 읽더니 아, 「커피와 담배」! 하며 반가워했다.
영화를 사랑하는 애화 씨에게 반가운 이름의 공간을
선물해 주고 싶었다. 애화 씨 혼자 익숙하고 비밀스러운
창을 낼 수 있게끔. 서울의 빛을 가져가 광주의 창에도
펼쳐 볼 수 있게끔. 카페에 들어서자마자 포근한 조명이
우리를 감쌌고 창밖으로 고층 건물의 불빛들이 한눈에
내려다보였다. 제각기 다른 조도와 크기의 불빛들을
한꺼번에 만나면 시끄러울 것 같았는데, 온기처럼 슬픔처럼

하루의 마무리처럼 고요한 빛들이었다. 가장 인기가 많은 창가 좌석에는 앉을 수 없었지만, 우리는 안쪽의 적당한 곳에 자리를 잡고 레몬쿠키를 부숴서 나눠 먹었다. 「커피와 담배」가 정확히 어떤 내용이었는지는 기억나지 않아요, 애화 씨가 말했다. 그래도 '커피 앤 시가렛'에 와서 참 좋아요, 고마워요 선생님.

그림책 작가를 꿈꾸고 있는, 내가 태어나 처음 만난 영화광 애화 씨. 이 글에는 적지 못했지만, 우리는 만날 때마다 서로를 선생님이라고 불렀다. 39년 차이 나는 친구이면서 서로에게 선생이고 여행자이자 '커피 앤 시가렛'에 함께 앉아 있던 사이, 광주에서 수업을 하지 않았다면 알지도 만나지도 못했을 사이.

애화 씨만의 역사를, 삶과 공간과 다른 세계에 대한 애정이라는 신비한 창을 애화 씨는 기꺼이 내게 내주었다. 그녀의 시선을 빌려 39년 뒤의 나로, 여전히 삶을 사랑하고 문학을 사랑할 나로 살아 보듯 가슴 뛰는 하반기를 보냈다. 긴 시간이 지나, 나보다 39세 어린 사람에게 비슷한 크기와 두께의 창을 내줄 수 있다면 얼마나 좋을까. 가늠할 수 없는 빛을, 먼지 쌓인 시간을 우리도 모르게 주고받을 수 있다면. 애화 씨와 나는 지금도 종종 서로의 안부를 묻는다. 너무

늦지 않게, 이번에는 내가 광주로 내려가, 마주보며 영화
이야기를 나눌 날이 기다려진다.

2021년 12월 7일

　엄마와 옛집에 다녀왔다. 종로구 부암동 산자락, 지금은
가정집 대신 박물관이 되어 버린, 내 유년기의 창백한
기쁨이자 글쓰기의 전부인 곳. 언니의 방이 있던 자리가
이제 매표소가 되어 버린, 노크만 하면 드나들었던 방문
대신 차례로 줄을 서 표를 끊고 들어가야 하는 곳. 나는 그
거칠고 높고 기이한 곳에서 태어나 11년을 살았다. 서울이고
종로였지만 산 깊숙이 묻혀 있던 그곳은 계절에 비해
너무 습하거나 너무 건조한 자연에 그대로 드러나 있었고,
산짐승과 잡초들이 때를 가리지 않고 소음처럼, 커다란
촛불처럼 나타나 터를 잡는 곳이었다.
　웬만한 사람으로서는 상상할 수도 없는 기울기, 바위산
같은 경사를 지니고 있고 현관부터 거실까지 통창 유리로

되어 있어 날씨를 필요 이상 가까이 느끼게 되는 구조, 뒷마당에서 우후죽순 자라나는 덤불이라든지 고슴도치나 꿩 같은 구체적이고 당황스러운 야생의 출현까지. 시끄러운 자연에 어떤 보호막도 없이 노출된, 그러나 보호 없이만 가능해지는 환하고 어두운 아름다움 속에서, 언어화되지 못한 채 마구 뒤섞이고 있는 강렬하고 지지부진한 이미지들의 혼란 손에서 나는 유년기를 보냈다. 지금 쓰고 있는 대부분의 시들도, 이 집과 집을 둘러싸고 있던 자연의 이미지와 계절의 분위기에 많은 부분 기대고 있다.

할아버지는 돌아가시기 6년 전 이 집을 처분했다. 상여에 달린 목각 장식을 수집하고 박물관으로 꾸밀 계획을 세운 한 사업가가 집을 샀고, 박물관으로 개장하기까지 또 몇 년이 걸렸다. 그러니까 나는 내가 살던 집이 완전히 다른 용도의 건물로 탈바꿈한 뒤 처음 방문해 보는 것이었다. 가정집이 아닌 공공시설이 되었으니 어찌 보면 다행이라고 해야 할까, 아이 시절 나의 거실과 부엌과 화장실에 낯선 이들의 수많은 발자국이 어지러이 찍히게 되었으니 이상한 일이라고 해야 할까. 하여튼 이 박물관에 어떤 감정을 가져야 할지 나로서는 아직 정리되지 않았던 상태에서 표를 끊고 안으로 들어섰다.

혼란스럽거나 좋지 않은 감정들이 끼어들 새 없이, 어릴 적의 오래된 냄새와 기억과 감각들이 빛보다 빠른 속도로

밀려들어 왔다. 앞서 말했듯 언니 방은 관리 사무실과
매표소로, 할아버지 할머니 방과 오빠 방은 전시실로,
화장실은 화장실로, 부엌은 부엌으로 이용되고 있었지만
집이 가진 인상과 무게는 그대로였다. 나는 거실, 그러니까
전시장 중앙에 뚫려 있는 커다란 유리 통창을 통해 내 피부로
너무 가까이 틈입해 오던 사계절을 떠올렸다. 그 중에서도
눈과 비. 나무와 산의 구불구불하고 복잡한 윤곽을 지워
내 그것을 바라보던 사람과 동물과 각진 사물들의 미묘한
구분마저 완전히 지워 버리던 엄청난 눈, 천둥 번개를 동반해
거대한 유리 현관까지 번쩍이며 흔들던 비, 귀를 접고 입을
다물고 이 생생함을 모조리 듣고 있었을 두 마리 개. 그것을
맑은 겨울날의 내가 가장 고요한 방식으로 바라보고 있었다.

　표를 끊어도 다시 들어가 볼 수 없는 유일한 방,
관리인들이 윤나는 가구처럼 나란히 앉아 있던 언니 방에,
어린 시절 문을 닫고 들어가 몇 시간이고 그림을 그리던
순간을 어떻게 잊을 수 있을까. 현관 바로 옆에 있던 그 방은
집에서 가장 추웠고, 마당의 살구나무 앵두나무 단풍나무
그림자들이 창을 통해 가장 넓게 드리우던 곳이었다. 벽
한 면을 검게 채우던 나뭇가지들은 굵기가 꽤 굵었는데
약간의 바람에도 늘 사력을 다해 흔들렸다. 언니가 늦는

밤, 혼자 들어가 있으면 무서웠을 만도 한데 배를 깔고 종이와 펜을 이리저리 움직이고 있자면 이상하게 아늑하던 순간. 어려서는 독서나 글쓰기에 그다지 마음과 힘을 쏟지 않았던 내가 유일하게 집중했던 것이 바로 낙서에 가까운 그림이었다. 덜그럭거리는 감정도, 시간의 흐름도 잊은 채 그 방에서 그림을 그리는 것은 나만의 도피였고 망가지지 않기 위한 아이로의 투쟁이었다.

집을 둘러싸던 자연뿐 아니라 집안에서도 나는 복작한 생활(이 복작함은 내 복잡함의 일부가 된다.)과 사랑 속에 있었다. 할아버지, 할머니, 부모님, 세 명의 형제들과 함께 성장했기 때문인데, 터울이 많이 나던 언니와 오빠는 바삐 어른이 되어 가던 중에도 세계를 향한 따뜻함을 잃지 않았고, 동시에 타인을 편안하고 능숙하게 대했다. 그리고 타고난 눈치와 함께 언니 오빠의 이런 사회성을 배로 물려받은 사람이 바로 나의 쌍둥이 동생이었다. 어려서도 키가 나보다 한 뼘이나 크던 쌍둥이는 탄산수처럼 재치 있고 상냥한 성정 덕인지, 친척 어른부터 갓난아이까지 집에 방문하는 누구와도 금세 친구가 됐다. 반은 신기함으로, 반은 내 부족한 사회성의 일부로 받아들여져 나를 부드럽고 아프게 건드리던 그런 친화력. 쌍둥이는 나와 비슷한 종류의 사람이 아니었고, 우리는 가족 아닌 사람들의 언어와 시선으로 자주 비교되었다. 모두가 둘러앉던 거실에서, 부엌에서, 현관과 거친 뒷마당에서 자연스럽게 웃으려던 입과 눈, 나만의 이야기들은 젖은 머리카락처럼 뻣뻣해졌다.

문을 닫으면 또렷하게 어두워지던 언니 방과 그림이라는 미묘한 네모가 떼어낼 수 없는 한 벌의 카드로 붙박여 있던 것은 아니었을까.

나를 있는 그대로 받아들여 주는 가족 앞에서도, 그들의 막힘없고 유쾌한 사랑 앞에서도 어린 나는 잘 위축되었다. 문제는 다른 곳이 아닌 스스로 매달아 둔 거울, 그 내면의 거울에 맺히던 납작하고 흐릿한 상들에 있었으므로. 쌍둥이가 아닌 사람으로는 살아 본 적 없는 자아에 있었으므로. 그림을 그리는 일은 나에게 그 거울을 닦는 일이었다.

부자연스러운 표정과 손동작과 침묵을 재빨리 읽어 내는 사람들과 달리, 다음 윤곽을 그릴 때까지 채근하지 않고 나를 기다려 주는 그림이 좋았다. 내 안의 질문에 조금씩 나누어 답할 수 있는 넓음과 깊음이 좋았다. 책상이 아닌 바닥에 엎드려 펜과 연필을 쥐던 나는, 상상의 사람들을 그리고 그들 사이에 복잡한 사랑과 우정이 오가는 이야기를 만들었다. 이제 기억나는 이야기는 거의 없지만. 눈과 비와

개와 가족에게 있는 그대로 반응할 수 있도록, 나의 수치와 열등감을 솔직하게 인정할 수 있도록, 한 장에 하나씩만 만져지는 얼굴을, 아름다움을 똑똑히 감각했다.

내가 그림을 그렸듯, 주말이면 언니는 문을 닫고 들어가 바이올린에 몰두하곤 했다. 문밖으로 새어 나오는 음들만으로 언니와 언니의 긴 대답을, 차가운 자유를 상상했다. 언니에게도 다른 폭과 넓이와 깊이가 필요하다는 사실이, 언니의 연주가 슬프고 격렬하다는 사실이 나에게 이상한 위안을 주었다. 언니의 아름다움은 현과 현 사이의 날카로운 이동과 떨림, 다른 사랑과 세계로 꺾어져 들어갈 때까지 자신을 묵묵히 기다려 주던 활이었을까. 자기만 아는 복잡함들을 한 음씩 정확히 짚어 주던 손가락들이었을까. 이런 이야기를 모르는 발권기 앞의 두 관리인도, 매표소 창밖의 나뭇가지가 세차게 흔들릴 때마다 조용한 심연으로 한번 건너가게 될까. 같은 빛의 떨림 속에 있을까.

전시실이자 체험실로 활용되고 있던 안방은 내 기억보다 환했다. 햇볕이 들어오는 것을 극도로 싫어하던 할아버지가 한낮에도 검고 무거운 커튼을 사방에 쳐 두곤 했는데, 그것이 완전히 걷혀진 모습을 처음 보았기 때문이다. 창은 방문을 제외한 나머지 벽 세 면에 전부 커다랗게 뚫려 있었다.

오른쪽 벽에 뚫린 창으로는 이웃집과 이웃집의 나무가 훤히
건너다보일 정도였다. 커튼을 쳐 두신 것이 햇볕 때문만은
아니었구나. 그렇지만 이렇게나 젊고 밝은 방인줄은 몰랐어.

　어수선하고 어색한 공기가 덩그러니 놓인 안방 곳곳으로
시선을 돌렸다. 두 분이 모으시던 잡동사니나 신문, 조금
녹아 있던 사탕과 초콜릿, 돋보기, 작은 펜을 꽂을 수 있던
메모지, 보청기, 오래된 부채와 가구 같은 느슨함들로
가득했다가 텅 비어 있는 자리, 다른 물건들이 새 감정처럼
채워진 모든 자리들을 뚫어져라 쳐다보면, 어릴 적 온갖
장면들을, 가장 무겁고 검은 커튼을 골라 쳤을 어둠 속
할아버지를 당장 불러올 수 있다는 듯이. 할아버지의
왼뺨에 드리웠을 조심스러운 생활감을 내 손으로 걷어 낼
수 있다는 듯이. 저는 할아버지가 그냥 빛을 싫어하시는
줄로만 알았어요, 다른 식의 포기일 수도 있었을 줄은 꿈에도
몰랐다구요, 차분하고 무력해진 내 목소리가 그에게 전해질
수 있다는 듯이. 그는 주변인들을 당황시키거나 서운하게 할
정도로 검소한 사람이었다. 낮에도 밤에도 전기를 거의 켜지
않았던 그는 많은 시간을 컴컴했던 이 방에 누워 보냈다.
누워 텔레비전을 보고 누워 무언가를 메모했다. 메모하다
말고 안방이 너무 어둡다 때때로 생각도 했겠지. 겨울 햇살로
반짝이는 새 물건들을 바라보니 설명할 수 없는 슬픔이

밀려왔다.

　이곳에는 매일 아침 정성스레 눈썹을 그리던 할머니의
화장대가 놓여 있었고 이곳에는 할머니가 싸구려 장신구를
모아 두던 서랍장이 놓여 있었지. 이곳에는 꺼 두어도
완고한 영혼이 깃들어 있는 것만 같은 고물 텔레비전이
놓여 있었다. 텔레비전과 정면에 놓인 이불장에 올라가서는
NHK에서 방영해 주는 뉴스나 스모 선수들의 경기를 보곤
했었다. 텔레비전에서 흘러나오던 붉고 희고 푸른 빛은
장롱 나뭇결에 자주 튕겨 나갔다. 할아버지는 선수들의
얼굴을 조금의 헷갈림도 없이 구분했는데 저들이 일본에서
최고의 신랑감이라는 말을 해 주었고 나와 쌍둥이는 저
선수들이 경기 전 초밥을 몇 개나 먹을까 궁금해했지. 그리고
할머니는 그 경기를 진심으로 재미있게 본 적이 있었나. 좀체
기억나지 않는다. 명절이면 유일하게 저 커튼을 조금 열어
두기도 했어. 친척들이 동그랗게 둘러앉으면 할아버지는
매년 반복되는 긴긴 이야기를 시작했고 그 이야기를 제대로
듣는 사람은 거의 없었지. 맥없고 시시콜콜한, 이제는 너무
가벼워진 기억들 위로 하얀 김이 번졌다.

　전시실들의 통로로 사용되고 있던 거실, 부엌을 지나

도착한 오빠 방에서는 색색의 상여 조각들이 가장 많이
전시되고 있었다. 죽음을 자연스러운 과정이나 축제로
여기려는 옛날 사람들의 의지와는 반대로, 나는 이전부터
이런 조각들의 화려한 색이 마치 세월이나 부식됨이나
죽음에 반발하려는 것처럼 보였다. 삶의 찬란한 순간들,
클라이맥스를 닮은 강하고 피곤한 색들로 이 벽과 모서리를
움켜쥔 채, 놓고 싶지 않아 이 삶을 보내고 싶지 않아 외치고
있는 것처럼. 그 조각들에 쌓인 빛과 먼지들만이 무심히
흐르는 시간을 증명하는 듯했다.

　그것들 중에서도 사람이나 새 모양의 조각들은 크고
부리부리한 눈을 부릅뜨고 있었는데, 이런 엄격한
이미지들과 가장 반대되는 사람이 오빠라 슬며시 웃음이
났다. 오빠는 손톱보다 작은 재료들로 밤새 성이나 배,
비행기 모형 만드는 것을 좋아하던 사람. 사소한 다툼이나
기척에도 쉽게 상처받던 사람, 엄마 옆에서 허니머스터드나
빵가루 만드는 것을 좋아하던 사람, 일찍 일어나 대문에 쌓인
눈을 치우던 사람, 사람과 사랑에 충실했던 사람. 형제들 중
나와 특별히 잘 통하던 사람.

　내가 학교에서나 가족들 사이에서 속상한 일이 있을
때 현관에서부터 제일 안쪽에 있던 이 방, 다른 방들과는
구별되는 디테일과 작은 수다와 따뜻함이 있던 오빠 방에

찾아오면 제일 먼저 웃겨 주고 위로해 주던 것도 오빠였다.
내가 열 살도 채 되지 않았을 때, 문을 확 열어젖혀 수능
공부를 하고 있던 오빠를 귀찮게 하고 책상 벽에 붙은 개념
정리 종이들에 낙서를 했을 때도 오빠는 싫은 내색 하나 없이
어떻게 이런 걸 썼냐며 웃기만 했다.

　성인이 될 때까지 이 방에서 지내던 오빠가 지금 여기
붙어 있는 형형색색의 조각들을 보면 뭐라고 할까. 핀셋으로
프라 모델 재료들을 집을 때 책상으로 서서히 찾아들던
어둠들과는, 잘 드러낼 수 없던 울음들을 스스로 응시하고
해소해야 했던, 감정보다 느린 몸을 움직여야 했던 눈 내리는
아침과는, 꽁꽁 언 삽과 장갑과는 어울리지 않는다고 할까.
아니, 어쩌면 잘 어울린다고, 나는 이 조각들을 이해한다고
말할지 모른다. 연덕아 이 색은 이 또렷한 눈들은 시간의
흐름에 반발하고 있는 게 아니야 삶의 지루함과 극렬함은,
신경질과 고요는 다른 게 아니야 말할지 모른다. 죽음에
덧입혀진 화려함은 모순도 거짓도 아닌 삶 자체일지
모른다고. 그리고 부릅뜬 눈동자들이 이미 품고 있는 죽음
역시 마찬가지라고.

　관계나 사랑에 대한 이야기를 나누기에 너무 어렸던
나는, 오빠의 진실하고 서툴고 지난한 사랑들, 환함과
냉담함을 끝없이 오가던 사랑의 자연스러운 무게를 다

이해하지 못했다. 왜 상처 입을 것을 자처하는 걸까, 무엇이 저 부드럽고 난폭한 사랑을 멈추게 하지 않는 걸까 답답하고 궁금한 것투성이였으니까. 그 시절에 대해 다시 이야기 해 본다 해도 전부를 알지는 못할 것이다. 사랑에 쌓인 빛과 먼지 속에서 오빠의 지난 축제를, 가벼운 시간들을 짐작만 해 볼 뿐. 그것이 오빠의 증명이고 안쪽이자 풍성함이었음을 그려 볼 뿐.

할아버지의 서재로 이어지는 전시실까지 둘러본 뒤에는, 엄마와 목인 조각들이 가득 놓인 마당을 걷고 또 걸었다. 언니 방과 안방과 거실과 부엌, 오빠 방과 서재를 지나오며 우리는 말 없이도 많은 말을 나누고 있었다. 그때의 집과 지금의 박물관을 겹쳐 보고 다시 살아 보며 어지러워하고 있었다. 차분해지고 있었다. 오래 돌아다니기에 추운 날이었지만 엄마와 나는 돌로 된 기다란 조각들 곁에 서서 한동안 지는 해를 바라봤다. 인왕산 능선과 성곽과 나무들이 뭉개지며 차례차례 눈부시게 이어졌다. 아빠와 결혼하고 이 낯선 환경에 적응해 사는 동안 엄마의 몸에는 어떤 무늬와 감각들이 새겨졌을까.

산꼭대기에 위치한 집이었지만, 친척이나 다른 손님들의 왕래가 끊이지 않던 것은 아마 엄마의 노력이 컸을 것이다.

사람과 사람 사이 거미줄이나 집먼지처럼 자연스레 쌓이게
되는 오해, 그래서 매일같이 관리하고 주시한다면 금방 털어
버릴 수도 있지만, 때를 놓치면 더는 손 쓸 수 없이 불어나
버리는 감정들, 개개의 구획과 단절 들. 엄마는 그것에
관심이 많았다. 오로지 타인을 위해 엄마는 그 까다로운
청소들을 도맡아 했다.

　긴 세월 속에 차츰 집이 낡아 가며 수리해야 할 구석이
많았는데, 그때 찾아오던 많은 인부들에게까지도 깍듯하게
대하던 엄마. 앞치마도 깨끗하게 다려 입던 엄마. 엄마가
준비하던 과일과 식사와 음료들. 지금도 여전한, 엄마의
단정하고 단호하되 진심으로 친절한 태도는 나를 언제든
예전의 집과 집의 실제적인 구석구석들로 데려가곤 한다.
언니 방에서 아늑하게 그리던 그림과 안방에 드리워 있던
무거운 커튼, 오빠 방의 비행기 모형들을 만져 보고 쥐어
보고 다시 놓아 두게 한다. 그리운 동시에 만나게 한다.
빽빽하게 놓인 조각상과 안내 팻말들 사이에서도 그대로인
이곳의 공기와 단풍나무와 노을처럼.

　이 방과 저 방, 가정집과 박물관, 과거와 현재를 오가며
잡다하게 집 이야기를 꺼내게 해 준 마음들, 뭉툭한 시작점을
언급하며 글을 맺을까 한다. 밝히고 싶고 더 알고 싶은 나와

이 오래된 집의 연결고리에 대해, 시를 쓸 때면 왜 아직껏 열두 살 이후 떠난 옛집의 영향을 가장 많이 받게 되는지에 대해.

시집에 묶인 많은 시들에서도, 새로 쓰고 있는 시들에서도 거친 자연에 묻힌 목조 주택이 자주 등장한다. 일부는 내 상상에서 뻗어 나오기도 하지만, 구체적이거나 결정적인 부분은 모두 이곳의 이미지에 기대고 있는데 나에게 가장 가깝고 익숙한 곳이기에, 묘사의 현실감이나 정교함에 품을 덜 들여도 되기 때문에 그랬던 것일까 가늠하던 처음의 생각들을 최근에야 의심하게 되었다. 부담 없이 이미지를 빌려 오고 소모시키는 장식적인 차원의 이야기가 아니다. 지붕이 네모꼴이든 세모꼴이든, 현관이 유리문이든 철제문이든 중요한 건 아니니까. 극단적으로 명확하고 익숙하면서도 어떤 부분들은 너무도 미지로 남아 있는 세계, 복잡한 빛으로 남아 있는 어린 시절과의 접촉 자체가 중요했다. 집의 구조와, 구조를 부수고 나르고 만들던 인부들과, 그 안에 살던 가족 구성원들의 이미지를 통해서만 나를 겹겹이 구성하고 있는 이상한 감정들의 실체를 밝힐 수 있다고 여기게 되었다.

어떨 때는 사랑이었고 어떨 때는 할머니의 사적인 삶이었으며, 어떨 때는 설명할 수 없는 두려움이었다면,

요즘 시를 쓸 때 내가 화두에 두고 있는 가장 큰 감정은 바로
'부끄러움'이다. 박물관 사업가에게 집을 처분한 할아버지에
대해 다시 생각하게 되었을 즈음, 상여 조각들이 방마다
어떻게 놓여 있을지 궁금해졌을 즈음, 그러니까 옛집에 다시
가 보고 싶어졌을 즈음 온갖 감정들의 끝과 바닥에는 다양한
온도와 형태의 부끄러움이 위치해 있다는 생각에 사로잡혀
있었다.

　　무슨 일이 있었던 것도 아닌데 여름 이후로는 계속해
부끄럽다는 기분에 시달렸다. 무엇을 향한 부끄러움인지,
무엇 때문에 찾아왔으며 얼마나 머물 부끄러움인지 어떤
크기와 깊이의 흔적을 남길 것인지는 알지 못했다. 다만
언니 방에 들어가 직접 그려 낸 상상의 사람들을 만나야만
했던 어린 시절이 떠올랐고, 불규칙한 높이의 잡초,
야생동물들, 언니와 쌍둥이 동생이, 눈 쌓인 대문 앞에서
부지런히 움직이던 오빠의 삽과 밝은 햇빛을 받으며 크고
작은 일들을 메모할 수도 있었을 할아버지가, 엄마가 살피고
해결해야 했을 집안의 수많은 관계들이 떠올랐다. 모두에게
조금씩은 머물렀을 맞섰을 여전히 함께 하고 있을 원색적인
부끄러움들. 복도를 통해서만 붙어 있을 수 있던 방들처럼,
서로에게 조금씩 영향을 주었을 이 최초의 감정들. 그것들
사이를 직접 걸어 다녀 보고 싶었다.

부끄러움은 관념이고 손쉬운 이름 붙임이고 실체가, 육체가 전혀 없는 것이라고 느낄 수도 있겠지만, 나에게 있어 부끄러움은 관념과 실체 사이에 있는, 아주 구체적이고 개인적이되 내가 만질 수는 없는, 상상 속의 육체와 같은 오묘한 물질이다. 한 가지 원색적인 감정이 지나치게 오래 지속되거나 (사랑, 슬픔, 분노 모두) 다수가 그것을 알아챌 경우, 모임에 늦은 사람처럼 불편한 존재감으로 나타나는 감정도 부끄러움이다. 그리고 그것은 나에게 역시, 이 집으로 연결된다.

이제는 박물관이 되어 버린 그러나 여전히 거칠고 아름다운 집에서, 나만 알고 있는 역사와 비밀들을 간직한 공간 속에서, 생생한 기억들과 마구 부딪치는 현재의 마루와 어두운 창 앞에서 나는 부끄러웠던 일들과 부끄러운 일들, 부끄러워질 일들을 오랜만에 편안하게 생각해 볼 수 있었다. 언제 부끄러움을 느끼는지, 왜 부끄러움을 느끼고 부끄러움을 추동시켰던 다른 감정들은 또 무엇인지 골몰하는 최근의 작업들을 계속해 나갈 수 있었다. 지치지 않고 해 나가기 위해 지금은 좀 쉬라고, 지금은 아무 말 말고 이 광경을 좀 보라고 내 옆에 서게 해 줄 수 있었다. 고개 돌려 눈 마주쳐 줄 수 있었다. 해가 진다. 방문과 뻣뻣한 현관문을 연다. 따라잡을 수 없을 만큼 줄기찬 속도로 미래가

들이닥친다. 부끄러움이라는 감정을 처음 알고 겪었던, 나의
모든 시작이었던 집, 그리고 평생 시로밖에 말할 수 없을,
나의 환한 혼란들을 여태껏 보존하고 있던 집에서.

예외적인 빛

환하다.

겨울 산
겨울 장도리로 쪼개진 감정.

모직 커튼 안쪽에서

가라앉는 횡격막.

실내를 요란히 견디는 그림자가 바닥을 부수듯 바닥에 부
서지듯 조용하게 불어나는 것을 바라보면
처음부터 연고지나 이야기, 성격이 복잡한 조상이라곤 없
이 살아온 기분이 든다. 피 없이

그늘 없이 나는

나를 건너뛰어 존재해 온 것 같다. 희미하게만 변형된 이목

구비 차가운 꿩 깃털과 산기슭에 가로막힌
　　현실저녁들
　　대가족의 크고 느리고 슬픈
　　자세

　　다 잊어버렸다. 구슬 크기로 작아져 두 손보다 세상적인 틈
으로 굴러가 버렸다. 하지만 계속해 스미고 움직이며 풍경을
헝클어트리는 그림자는,
　　멍한 사람의 눈동자를 겨냥하여
　　모서리로

　　내 얼굴로 번지고

　　얼굴은
　　기둥과 기단이 투명히 파헤쳐진 냄새를 맡는다. 윤곽선이
단순해 부끄러운

　　산속에 지어진 집이다.

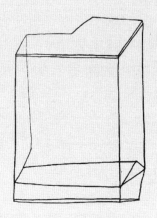

　나는 거실 한가운데 놓인 통유리 문이 나와 풍경을 멀게 하
는지 가깝게 하는지 잘 모르지만

　마당 안쪽에 놓인 그늘과 바위, 쌍둥이 모과나무를 수직으
로 보기 위해 눕는다. 나무는 나와 내 쌍둥이 동생이 태어난
해 우리가 경솔히 나눠 가진 일본식 언어

　피부와 키를 기념해 친척 중 누군가가 심어 둔 것으로

　가지가 아름답고

　곧고

　삼대째 보관해 온 그릇도 할머니도 해치지 않으나 꼿꼿이
서서 보기엔 너무 뜨겁다. 침착히 세워

　반만 기울여

무거워진 가슴에 닿게 하는 것이 좋다. 옛 풍경이 묻는 삶
에 대답하는 것이 좋다. 향기롭고

딱딱한 모과와 상처에 동시에 쌓여 녹는 눈. 표면에 달라붙
은 열기로

공기 방울로

제자리에서 흔들리는 문. 어린 할머니와 쌍둥이와 나는 자
주 그렇게 있었고 시한을 어겼고

마루에 누워 자면 입이 돌아간다 제 얼굴도 집안 언어도 모
르게 된다 어른들은 말했다. 마룻바닥 가시

산비탈만큼 날카롭고

지나치고 원시적인 사랑이

세 여자의 눈동자로 나타났다 사라진다. 지친 훈기가 감도
는 뺨에

거실 풍경과 미래를 하나로 꿰어 방치시킨다. 감정적인

작은 호미

부서진 얼음.

1995년의 기둥이 집으로 회복되는 사이 뒷산과 나무와 유

리문의 윤곽선 겹쳐지고 그 부분이 순간적으로 어둡다.

✧

다카라즈카.[6]

할머니가 꿈꾸었던 단순하고 괴로운 무대.

✧

수직으로 깨어 비 맞고 눈 맞는 모과나무가 어떻게 내 가슴
에 뿌리 내리는지 소리 없이 커지다 잎그늘 속에 죽어 가는지
가지들의 무수한 역사를 숨기고 깨질 듯 차가운
　　물을 흘리고 때때로 숨쉬기를 방해하는지 나는 모른다. 무
엇과
　　무엇을 끊어 내는지 무엇을

　　깊이 연결시키고 있는지 모른다.

6　전원 여성으로만 구성된 일본의 가극단.

혼자 조금씩
나누어 거닐 산길
충분한
어둠이 필요할 것이다.

거울 앞에서 늙어 버린 나를 상상할 수 있었을 때
가상 세계에 충실하다고 믿었을 때는 다카라즈카 단원이
되고 싶었단다 그런데 시험도 보러 가지 못했어 새것 같은 마
루와
기쁨으로 들뜬 폐
어수선한 자리에 도착해 보지도 않고 포기하는 방식
결혼하기 좋은 서울 겨울에 이상한
기대를 걸어 보는 방식이,
영원한
산속 거실에
미지근한 힘과 불가능에 갇히는 몸이 내
간절이었을지도
네 할아버지에게 시집 왔을 때 한국어가 너무 어려웠는데
시집 식구들이 우리 말도 제대로 못하는 여자가 들어왔다고
욕을 했다 차라리 내가 산짐승과

낯선 자연에 감동을 잘 받는 사람이었다면 가족을 사랑하
는 사람이었다면

다카라즈카 단원이었다면

산이었다면 꿩이었다면

나의 꿈으로부터 더 맹렬히 거부당한 자였다면

(······)

✧

먼저 가 기다리듯

부드럽게 가라앉는 횡격막.

반만 기울여서는

이 모든 것을 다

볼 수는 없다.

인왕산 마룻바닥

가까이 누웠던 여자들과 연결된

그늘을

다 느낄 순 없다.

통유리 집처럼
견고하고
빛이 잘 들고 거주자에게
혼동을 주는 자서전을 쓰기 위해서는
눈을 감고 코를 막고
바위를 감싼 두 손에만 의지해 아름다워져야겠지만

흐리고
급진적인 언어를 택해야 하겠지만 나는

내게 보이는 것을 보고 싶다.

내가 아는 것을

알고 싶다.

거칠게 소리 내며 기슭을 뒹구는 풍경은 왜 한 계절에 한
번씩만 볼 수 있는 것일까 왜 햇빛 쬐는 산책 한 번이면 사라

지고 마는 것일까. 마음이 바닥을 쳐야만 더 깊숙한 통로
　따뜻한 방으로 향할 수 있는 밤

　기둥과 기단과
　사람을 분간할 수 있는 눈동자는

◇

　쌍둥이 동생은 현실 세계에 충실하다 동생은 성인이 되자
장도리 없이 모과 없이
　도쿄로 떠난다 나는
　기쁨으로 들뜬 폐 없이 시를 쓰고 산속 거실을 자주
　등장시키며 일본 시인들이 좋다

　할머니는 영원한 가상 세계로 돌아갔으나 어느날 내게 찾
아와
　이 유리집을 그리게 한다

◇

바닥에서 손바닥으로 차게

번지는 아침.

거실 한가운데 놓인 통유리문이 나와 풍경을 멀게 하는지

가깝게 하는지 잘 모르지만

피 없이

이야기 없이

그늘은 나를 건너뛰어 존재해 왔지만 나는

가끔 내게 없는 삶을 기억해 내는 것 같다. 빛.

* 『재와 사랑의 미래』(민음사, 2021).

2021년 12월 17일

해가 실내까지 맑게 비치는 겨울이면, 요양원에 할머니를
뵈러 가던 날이 생각난다. 버스를 몇 번 갈아타야 갈 수 있는
하남의 그 요양원에 나는 혼자 가기도 가족들과 함께 가기도
했는데, 6년 전 이맘때는 가족들과 함께였다. 그날 로비는
다른 할머니 할아버지들의 가족들로도 붐볐다. 요양원에서
준비한 크리스마스 가족 행사가 있었기 때문에. 그것은
외부에서 온 강사가 진행하는 꽃꽂이 행사였다.
　각 가족들 앞으로 가위와 플로럴 폼과 신문지에 싸인
한 뭉텅이 꽃들이 무겁게 놓인다. 오래 상처받은 마음처럼
생생하고 강한 색으로.
　추위가 채 가시지 않아 잘 움직이지 않던 두 손,
북적이면서 덥고 조용해 목욕탕이나 도서관을 연상시키던

실내와 가족이 아닌 다른 곳만을 멍하니 바라보던
쪼글쪼글한 얼굴들, 테이블 위에 떠다니던 억지 집중들
부담들, 줄기를 비스듬히 잘라 살살 꽂아야 한다고 설명해
주던 짧은 머리의 플로리스트가 떠오른다. 크리스마스
느낌을 내기 위해 붉은 리본과 방울과 염색한 버들강아지로
장식을 하는 동안에도, 나의 눈과 손과 생각은 무언가에
저항하듯 따로 움직인다. 그곳에서 나누어 준 루돌프
머리띠를 쓴 채 한 마디 말도 하지 못하는 할머니 옆에서,
나는 이것이 누구를 위한 행사일까 모두가 참아 내며
움직이고 있는 기계적인 가위질 소리에 마음이 조금씩
무너지는 것 같다.

　선물은 따뜻해야 하니까 꽃바구니를 비닐로 감아 주세요.
　플로리스트가 테이블마다 돌아다니며 넓고 투명한
포장 비닐을 나눠 준다. 그리고 할머니가 그것을 물끄러미
바라본다.

　그날의 꽃꽂이를 줄기와 꽃대를 손끝으로 만져 보던
순간을 할머니는 기억했을까. 하지만 행사가 끝나고 나에게
남아 있는 기억은 조금 다른 시간대의 빛. 가족들이 한차례
돌아가고 난 뒤 갑자기 조용해진 복도 소파에 나와 할머니는
앉아 있다.

방에 가자. 할머니가 복도 안쪽으로 나를 끌고, 다른
할머니와 함께 쓰는 그 방에는 마침 우리밖에 없다. 방에
난 커다란 창으로 커다란 나무가 보인다. 잎이 다 떨어져
황량한 그러나 이해할 수 없는 조각처럼 아름다운 겨울
나무. 우리는 우리를 찌르는지 보호하는지 헷갈리는
모양새의 가늘고 구불구불한 나무 그림자를 온몸으로
맞는다. 그림자와 함께 눈부신 빛이 쏟아져 내리는 침대에
나란히 눕는다. 이어폰을 하나씩 나누어 꽂고 강아솔과
루시드폴의 노래를 듣는다. 내가 생각하는 가장 겨울 같고
겨울 숲 같은 목소리, 눈 내리는 순간의 느린 색과 속도와
무게로 노래 부르는 사람들인데 할머니가 어느 때보다
선명하게 그 노래를 듣는 것 같다. 할머니는, 적어도 이 순간
나를 알고 있다. 손녀인지 아닌지는 정확이 모를지라도,
적어도 손녀에 버금가는 가까운 존재, 손녀라는 호칭과
관계를 뛰어넘어 이상하게 연결되어 있는 존재라는 것을
알고 있다. 우리는 저항할 수 없이 흐르는 따뜻한 시간, 우리
삶에 이마를 댄 채 차갑게 자리를 넓히는 상처를 말없이
느낀다. 맞잡은 우리의 손 위로 앙상한 나무가 물그림자처럼
흔들린다.
　　그것이 할머니와 보낸 마지막 겨울이었다. 그 다음 해
여름, 할머니는 세상을 떠나고 나는 그로부터 5년이 지난

뒤에서야 크리스티앙 보뱅의 산문 『환희의 인간』[7]을 만난다. 크리스티앙 보뱅의 시선으로 다시 그 겨울의 할머니를, 겨울 요양원 복도와 방을, 겨울 나무와 그림자를, 앙상하고 환한 상처를 느닷없이 만난다.

『환희의 인간』의 추천사를 써 달라는 제의를 받았던 지난 가을, 나는 감사하고 설레는 한편 무조건 잘 써야 한다는 부담감에 매여 지냈다. 내 글이 누가 되지는 않을까, 그의 고유한 아름다움을 해치지 않을까 고민스러웠을 정도로 두렵고 존경하고 사랑하는 작가의 책이었기 때문에. 가방 안에 귀한 꽃이나 도자기처럼 조심스레 갖고 다니던 원고, 책이 되기 직전의 원고에 밑줄을 긋고 페이지를 접고 무엇에 대해 써야 할지 고민하는 동안에도 할머니 생각이 났다. 할머니 생각과 싸웠다.

별다를 것 없이 너무도 춥고 평범하던, 6년 전 겨울. 산타나 루돌프 모자를 쓴 우리가 산더미 같은 꽃 줄기를 비스듬히 잘라 플로럴 폼에 나란히 꽂던 조금 우스꽝스럽고 억지스럽던 모양새의 오후, 기진한 채 방에 들어가 볕을 쬐고 나무 그림자나 바라보던 그 오후에, 가장 따뜻하고

---

7 크리스티앙 보뱅, 이주현 옮김, 『환희의 인간』, 1984Books, 2021.

은밀한 방식으로 주고받던 사랑과 상처가 생각났다. 원고를
몇 번 뒤집으며 결국 할머니 이야기는 삭제되었지만,
이제야 이 이야기를 할 때라는 걸 알았다. 때문에 이 글은
『환희의 인간』의 추천사에서 미처 하지 못했던 말들, 꺼내지
못했던 장면들을 펼쳐 놓는 글인 동시에, 책의 작은 챕터인
「살아있는 보물」에 집중하는 방식으로 책 전체를 소개하는
글이 될 것 같다.

　「살아있는 보물」은 이런 문장들로 시작된다.

　세상은 성인들로 넘쳐난다. 순교자들 말이다. 나는 저 두
단어를 구분하지 않는다. 우리는 날마다 늘고 있는 그들을
'알츠하이머'라 부른다.[8]

　그는 어째서 알츠하이머 환자들을 성인이나 순교자라
말하고 있는 것일까. 크리스티앙 보뱅에 의하면, "몰인정의
유산으로 등록될 만한 요양원이라는 곳"에서 그의 아버지는
1년을 머문다. 그러나 아버지의 얼굴은 결코 생기를 잃지
않았고, 아들에 관한 기억을 모두 잃었음에도 여전히
아들이 누군지 알고 있었으며, "모든 것을 잊었으나 오래전

8　같은 책, 133쪽.

그들의 마음을 사로잡은 이들은 잊지 않"았다. 할머니가
나에 관한 기억을 모두 잃었음에도 겨울볕 아래 함께 누운
내가 누군지 알고 있었고, "알아본다는 것은 사랑한다는
것"이며, 곧 "사랑한다는 것은 말로 표현할 수 없는 원초적인
것"이었듯이. 우리 둘다 그것에 저항할 수 없었듯이.

　보뱅의 아버지는 어릴 적 죽은 동생을 떠올릴 때마다
눈물을 흘렸다. 전염병으로 죽어가는 동생에게 입 맞추기
위해 침대를 오르다가 의사에게 따귀를 맞았던 그는, 이
"설명할 수 없는 따귀에 대한 욱신거림"을 수십년 후 그
요양원에서 감각했다. 아버지는 죽은 이들, 그중에서도
자신의 동생에게 말을 건넨다. 동생에게 닿고자 했을 때
감수해야 했던 육체적인 상처들까지도, 그의 아버지는
자신의 모든 것이 지워진 순간 생생히 느꼈던 것이다.

　나의 할머니가 커다란 나무가 내다보이는 그 방에서
어떤 죽은 이들과 만났는지, 어떤 부드럽고 뜨겁고 차갑고
욱신거리는 감각 속에 다른 시간으로 건너갔었는지는 알
수 없다. 다만 그녀가 우리가 생각하는 것만큼 많은 것을
잊지는 않았다는 것, 당신이 말하거나 표현할 수 있는
것들만 한정적으로 알고 있는 상태는 아니었다는 것, 꽃
줄기를 자르고 모아 비닐로 덮는 순간에도 겨울 햇볕이
내리쬐던 다른 날 다른 시간대로 한번 건너갔다 왔다는 것,

그녀 자신이 만나고 느끼고 완수해야 할 무언가를 적확한 때 자유롭게 만나고 왔던 것이라고, 그리고 그 행방불명의 순간에는 이해할 수 없는 성스러움 같은 것이 희미하게 묻어 있었을 것이라고 믿고 싶다. 사방이 막혀 있을 때에만 열리는 감각들, 무능력이 기반이 되어야 감지할 수 있는 뜨겁고 생생하고 신비한 것들을 할머니는 분명 가만히 만져보았을 것이라고. "듣고 쓰고 사랑할 능력이 없거나 숨쉬는 것마저 힘겨워질 때면 무능력에 모든 자리와 모든 시간을 내어주는 것"이 진정한 삶이라고 보뱅 역시 말했으니 말이다.

우리는 모두 한 줌의 부스러기로 끝난다. 나는 전쟁터 같은 그곳을 돌아다니며 훼손된 영혼과 체념의 끔찍한 상처를 봤다. 무엇보다도 침묵을, 침묵의 경종을 들었다. 내가 본 것은 숭고하고, 지겹고, 끔찍했다. 닫힌 얼굴들. 부재하는 말들. 그곳에는 모두 열댓명의 노인들이 있었다. 식사가 카트에 실려 오면, 이들은 식탁에서 하루에 두 번 서로 마주한다. 그들이 서로를 선택한 것은 아니지만, 아주 어렸을 때부터 그들은 이 만남을 위해 길에 올랐다. 젊음, 아름다움, 그리고 그들이 얻은 지위 앞으로 장막이 드리운다. 무언가를 보기 위해서는 얼굴을 찌르는 허무의 가지들을 걷어내야만 한다.

(……)

　우리는 모두 한 줌의 부스러기로 끝난다. 나는 더 이상 화도 내지 않는 그들을 생각하면 화가 난다. 그들은 아무도 찾지 않는 숲속 노란 야생 수선화보다도 더 버려져 있다. 그들도 어린 시절에는 이 꽃들보다 훨씬 더 많은 빛을 영원히 약속받았다. 그런데 지금은 어떠한가? 바람은 단 한 번도 얼굴을 드러낸 적 없는 성인이다. 바람은 끊임없이 노란 수선화에게 말을 건다. 바람이 더는 말을 하지 않을 때도 꽃들은 계속 바람을 듣는다. 그런데 여기, 이 방 안에 바람은 어디 있는 걸까? 가여운 이들, 흔들리는 가여운 불꽃들. 더듬거리며 말하는 별들. 이 모든 것들에도 불구하고 이들에 대한 사랑스러운 점은 바로 살아있다는 것이다. 황폐할수록 더욱 아름답다. 나는 비천한 이들에게서 금을, 진창에 던져진 얼굴에서 보석을 보았다. 우리는 모두 한 줌 부스러기로 끝난다. 하지만 이 부스러기는 금으로 되어 있고 때가 되면 천사가 그것으로부터 다시 온전한 빵을 만들 것이다. [9]

　지겹고, 끔찍하고, 허무하고, 숲속 노란 야생 수선화보다도 더 버려져 있는 이들에게서, 황폐함으로

9　같은 책, 135~137쪽.

가득해 어디서도 숭고함이나 아름다움을 발견해 낼 수
없을 것만 같은 이들에게서 보뱅은 여전히 살아 생동하고
있는 '삶'을 본다. 이 모든 것들에도 불구하고 이들에 대한
사랑스러운 점이 바로 '살아 있는 것'이라고 한다. 휠체어를
끌고 나와 요양원 로비에서, 몇은 익숙하고 몇은 낯선
가족들 사이에서 꼿꼿이 강의 시간을 견디던 사람들, 직접
가위질하고 다듬어 플로럴 폼에 대형 생일초처럼 꽂아 보던
사람들, 가족들을 살피던 사람들, 딴청 부린 채 바깥 나무나
공터만을 빛만을 내다보던 사람들. 평화롭고 지루하고
마냥 권태로워 보일지 몰라도, 모두 여러 갈래로 선명히
분화되는 시간 속에 있다는 점에서 꼿꼿이 역시 전쟁이다.
내가 다 알지 못하는 노인들의 점심시간도, 오후나절이나
저녁시간도, 취침시간을 채우는 디테일한 삶의 순간들도
모두 전쟁이다. 『환희의 인간』의 나머지 챕터들을 살펴보면,
요양원에서도 요양원 바깥에서도 이 세상은 한낱 전쟁터에
지나지 않는다.

　　남루해져 버려지고 멈춘 것만 같은, 끝없는 시간의 흐름과
싸워야 하는 전쟁이 요양원 안에서 일어난다면, 요양원
바깥에서는 "칼날이 부딪쳐 나는 쇳소리가 언제나 그를
따라다니는", "흔하디 흔한" 전쟁이, 고단한 삶과 감정을
살아 내는 우리에게 매일같이 일어난다. 그런 의미에서

보뱅이 이 책에서 인용하고 있는 "항상 사랑하고, 항상
고통받으며, 항상 죽어가기를"이라는 피에르 코르네유의
말은 의미심장하게 읽힌다.

　사랑하는 사람을 위해 꽃을 자르며, 순간 자신이 서 있는
자리가 어디인지 알지 못해 고통받으며, 죽지는 않은 채
죽음에 가까워 가는 사람들. 여전히 살아가는 사람들.
　역시 사랑하는 사람을 위해 꽃을 꽂으며, 시시각각 자신을
잊는 사람에 의해 고통받으며, 그들보다는 조금 느린 속도
죽음에 가까워 가는, 여전히 살아가는 사람, 나.

　사랑과 고통과 죽음과 삶이 한 몸임을, 반대편에 선 채
전속력으로 서로 다른 곳을 달리고 있는 것처럼 보이는
찬란함과 끔찍함과 권태가 결국 한 몸임을, 이것이 평범하고
나약하되 '살아 있는' 강인한 한 사람을 이루고 있는 필요
불가결한 물질임을, 나는 『환희의 인간』에서 읽어 낼 수
있었다. 살아 있다면 각진 사물과 사건과 시간에 의해
고통받는 것은 불가피하고, 그 재해에 저항하지 않는
것이야말로 아름다움임을, 그리고 이 "연약하고 가엾고
엇갈리고 결여된" 삶에서 기대하지 못했던 찰나를, 정지된
빛을 발견할 수 있다면, 그러니까 요양원 방 안으로 물처럼

가로질러 들어오던 나무 그림자들 사이에서의 부드러운
안식을 느꼈다면, 흰 침대에 누워 강아솔의 노래를 완전하게
반씩 나눠 들었다고 느꼈다면, 우리가 서로를 알아보았다고
확신한 순간이었다면, 영원한 삶은 이것으로 충분하다고
크리스티앙 보뱅은 말하고 있었다. "강렬한 침묵 속에서 불쑥
나타나는" 빛이면 충분하다고.

　왜 하필 꽃이었을까, 할머니와 보낸 마지막 겨울 우리가
만지고 만들고 감각했던 사물이 왜 꽃이어야만 했을까.
크리스티앙 보뱅이 책에서 말하고 있는 꽃에 관한 여러
챕터들이 나에게 많은 위로를 주었다. 보뱅은 그나마 덜
부조리한 것이 바로 꽃이라고, 꽃은 "모든 색들의 외침"이며
세상의 그 어떤 철학과 말들도 "꽃 한 송이"에 비할 수 없다고
했다. 꽃바구니가 되기 전의, 동물적일 정도로 강한 색의
꽃들, 아름다운 리본과 염색한 붉은 버들 강아지가 우리의
마지막 이미지, 마지막 촉각, 마지막 크리스마스.
　플로리스트가 돌아다니며 나눠 주던 투명 비닐 앞에서,
비닐 전체에 이상한 사랑처럼 투과되어 머물다 이내 사라져
버렸을 반짝임 앞에서, 할머니는 말을 잃었다. 말을 잃은
채로, 휩쓸린 채로 완전했다. 재해일지 구원일지 확신할 수
없는, 어쩌면 그 둘 다였을, 여전히 너무도 '삶'인 무더운 12월

요양원의 공기 속에서.

6년 전 그 현장에서 마음이 무너졌던 것은,
이 행사가 아무 소용도 없고, 단지 방문 가족들의 위안을
위한 것, 대신 가위질해 주는 가족들로부터 노인들을
소외시키는 것, 그래서 이것이 얄팍한 종류의 기만이라고
여겼던 것은 나의 엄청난 오해이고 오만 아니었을까. 이
글을 쓰면서 어쩌면 그 버들강아지의 촉감이 할머니를
다른 곳으로 데려가 주었을 수 있다고, 각각의 테이블에서
작은 정원처럼 탄생하는 꽃바구니들이 할머니에게 찰나의
크리스마스 정원이었을 수 있다고 생각했다. 눈물이 날
정도로 화려한 정원의 입구로 들어가 손녀였던 나를
알아보고, 안아 보고, 그런 나에게 당신 방의 겨울을 보여
주려고, 손을 잡고 볕이 잘 드는 당신 방으로 이끈 것일 수도
있겠다고.
태어나 성장하고, 고민하고, 사랑하고 결혼해 보내던
찬란한 날, 바쁘고 지루하고 기진한 더 많은 날들, 그러니까
요양원에 들어가기 전까지의 긴긴 삶, 요양원에서의
일상적인 삶에서 할머니를 둘러쌌을 수많은 전쟁들을
떠올려 본다. 불확실함을 견디며, "서투름으로 붉어졌지만"
결코 멈추지 않았던 삶을. 그래서 아주 가끔, 아무도

알아볼 수 없는 그녀만의 방식으로 '환희의 인간'이 되었을 할머니를. 크리스마스가 다가오면 떠오르는, 나의 어리고 주름진 성탄절 성인(聖人)을.

2022년 1월 4일 새해의 짧은 일기

해가 바뀌고 나흘이 지나서야 쓴다.

산문 마감이 코앞이지만, 새해 기분 다 날아가기 전에 조금이라도 기록해 두어야 할 것 같아서.

연말의 전쟁이었던 파스타집 아르바이트는 며칠 하고 그만두었다.

돈 생각을 너무 많이 하게 되었던, 쓰는 자리를 지키기 위해 부드럽게 어루만지거나

벌벌 떨며 맞서야 할 얼굴들을 한꺼번에 만나게 되었던 2021년.

학부 졸업 후 많은 것들이 달라지던 한 해였고

가장 커다란 변화는 역시 여름 새벽처럼 무거운

돈에 관한 문제들.

살면서 가장 많은 저축을 하게 된 해이기도 했다.

책 계약금, 원고료, 수업료, 행사료는 한푼도 쓰지 않고

저축했다.

역시 첫 책 지원금의 반은 저축, 반은 대학원 학비로 냈다.

돈과 생활

통장에서는 차갑고 따가운 비 냄새가 난다.

파스타집 아르바이트를 계속 할 수 있다면 좋았을텐데.

하지만 사장님과는 좋게 헤어졌고 10만원도 바로 보내

주셨다.

한 톨도 남기지 않고 전부 이번 달 주택청약에 넣었다.

새해의 소비는 주택청약과

너무 입고 싶었던 초록색 패딩 점퍼

그리고 2022년으로 무사히 넘어온 나에게 주는 선물인

아름다운 속옷들.

다른 곳에 돈 쓰는 것에 급급해, 마지막으로 비싸고 질

좋은 속옷을 산 것이 언제인지 나를 진심으로 위해 준 것이

언제인지 기억 나지 않았어. 모아야 할 것들을 생각했을 때 허황되고 쓸모없는 소비일지도 모르지만, 그래 새해엔 세 벌의 속옷을 샀다.

2021년에는 첫 책을 냈고, 광주라는 도시를 사랑하게 되었고, 과외나 외부 수업에서 많은 학생들을 만났다.

특히 마지막 비밀기지 수업에서 만난 학생들과는 더없이 각별했는데 매주 자정 넘어서까지 만났고 6주 차에는 8시간 연강을 하게 되었으니.

1월에는 두 주에 걸쳐 학생들과 직접 만나기로 했다.

또한 2021년은 누군가로부터 크게 상처받거나 다른 누군가에게 크게 상처 주기도 했던 해.

사랑 앞에서 자신 없어지던 해.

사랑에 순간 빠지기도 했던 해.

언제나 처음인 좋은 책을 알게 되었던 해.

좋아하는 빈티지 옷가게가 한 군데 추가된 해.

약해졌던 해.

나의 인간성에 대해 파고들어 갈수록 깊이 괴로웠던 해.

겨울에도 얇은 점퍼만 입고 뛰었던 해.

나무 밑 얼음처럼 무력했던 해.

첫 시집이 3쇄를 찍은 해.

40, 50, 60대 여성들을 새로 사귄 해.

기쁨과 슬픔,

부끄러움 속에 혼자 울던 해.

하마구치 류스케의 영화 「드라이브 마이 카」를 본 해.

오늘로 이어지는 해.

2022년 1월 31일

　스물셋, 첫 과외를 시작했을 때부터 학생들을 만나기
시작했다. 터무니없이 어렸을 때 3층짜리 프랜차이즈
카페에서 시작했던 수업들을 생각하면 얼굴이
달아오르지만, 그때도 나에게 가르침이란 나 자신의
글쓰기만큼이나 크고 어렵고 중요한 것이었다. 학생들과는
주로 소설을 공부했다. 당시 재학 중이던 학교의 입학 시험이
전부 소설로 치러졌기 때문인데, 시를 쓰는 내가 소설을 새로
익히고 전달하는 과정에서 나타나는 어떤 불일치와 긴장이
오히려 수업 시간을 살아 있게 해 주었던 것 같다. 아름답고
곤란한 질문을 받았을 때 겪게 되는 헤맴과 질문을 역으로
돌렸을 때 더욱 꼬이거나 명쾌해지는 헤맴들이, 무엇보다
적확한 문학의 답으로 여겨졌다. 때로는 탁구공을 주고받는

기분으로, 드넓은 거실에서 낮잠을 자는 기분으로, 강가를
걷거나 얼음 동굴을 탐사하는 기분으로 학생들과 머리를
맞댔다. 그렇게 나는 몇 년간 학생들과 내가 매혹되었던
소설들을 함께 읽고, 소설에 대해 이야기하고, 소설 쓰기를
가르쳤다. 그날의 텍스트나 쓰기와는 전혀 관계 없는
이야기를 나누기도 했다.

   학생들을 가르치고는 늘 아쉬움이 남았는데 모자라거나
넘치게 말했다는 기분 때문에 그랬다. 옳다 그르다 할 수
있는 것이 별로 없고, 반대로 뒤집어도 말이 되는 것들만
겨우 이야기했다는 기분. 탁구공의 재질, 가격, 코트장,
세세한 규칙에 대해서가 아닌, 공을 주고받을 때의 속력과
소리와 공의 형체를 넘어서는 움직임들, 순간 달라 보이는
색깔들 같은 것만 겨우 전했다는 기분. 그러나 그 일시적인
속력이나 색 안에 긴밀하게 연결되어 있는 것이 동시에 공의
재질이나 가격일 수 있다는 투명한 애매함, 상대하는 사람이
누구여도 상관은 없으나 첫 상대에게 영향을 받을 수밖에
없다는 무거움. 때문에 가끔은 이것을 가르침이라고 부를 수
있을까 고민되기도 했다. 잡히는 것은 아무것도 없었기에
나와 학생들을, 우리 사이에 오가는 작은 공의 움직임들을
믿어 볼 수밖에 없었다. 무엇이든 들여놓을 수 있는
자유롭고 견고한 구조물을 세우는 것처럼, 드나드는 빛이나

바람을 보는 것처럼, 시를 쓰는 것처럼.

시집 출간 이후 가르칠 기회가 많아졌던 작년에는 특히
많은 학생들을 만났는데, 입시 과외부터 온라인 시 창작
아카데미, 오프라인 독서 아카데미, 온라인 메일링까지 여러
형태의 수업을 해야 했다. 플랫폼이 다채로워져 어지럽긴
했지만, 작년에는 드디어 여러 곳에서 '시'를 가르칠 수
있게 되었다는 것이 가장 기쁘고 큰 변화였다. 시 수업 역시
보이지 않는 강가를 걷거나 얼음 동굴 속에 들어가 이마에
떨어지는 어두운 물 맞아 보기, 휘청이거나 넘어지기 처음인
기적들과 만나 보기가 전부인 것은 마찬가지였지만.

수업에 참여하는 학생들도 입시를 바로 앞둔
고등학생부터 이미 문예창작과에 다니고 있는 대학생,
다른 직종에 종사 중인 나보다 나이가 훌쩍 많은 분들,
은퇴한 어르신들까지 다양했다. 인상적이었던 점은, 활자로
이루어진 이 세계로의 여행을 준비하거나 감각하는 마음,
마무리하고 돌아오는 마음에 있어서는 직업이나 나이가
전혀 문제되지 않았다는 점이었다. 수업의 초대자는
나였지만 내가 자꾸 그들의 세계로 초대되어 길을 잃었다.
잠깐 강가만 걸으려고 했던 건데 새벽 수면의 반짝이는
빛들 사이로, 나무 뿌리 사이의 정교한 개미집 안으로

빨려 들어갔다. 우리는 꼭 무리로 움직였고 뒤늦게 알게된
것이지만, 아마 그것만이 수업이라는 공동체의 특권이자
의미였던 것 같다. 혼자 움직이는 것이 아니었기에 어느 곳에
가든 말들은 나나 학생들에게만 속한 것이 아니었다. 말들은
각자가 펼쳐 보여 준 세계에서 뒤뚱대고 뛰고 날아다녔다.
탁구장 코트에서도 거실에서도 동굴 안에서도 나는
준비했던 것과는 다른 말을 하고 있었다. 다른 말을 하기
위해서는 결국 무너질 운명에 처할 지루한 말들, 딱딱하고
성실한 시간들이 꼭 필요했지만, 그러니까 쓸모없어질지도
모를 교재 연구를 하루도 허투루 하면 안 되었지만, 나는
용감한 나의 여행자들과 매번 다른 곳에 가고 싶었다.
생각지도 못했던 말들을 찰랑 쏟아 내고 싶었다. 이런 식으로
매번의 수업을 깊이 사랑하게 되었다.

　많은 수업이 있었지만, 온라인에서 열렸던 시 창작
아카데미 수업에 대해 이야기하고 싶다. 작년 5월과 7월,
12월에 ZOOM으로 진행되는 온라인 수업을 열었다.
고맙게도 자신의 세계와 타인의 세계에 비슷한 넓이의
호기심으로 열려 있는 열정적인 학생들이 찾아와 주었고,
시를 처음 써 보는 학생들에서부터 능숙하게 자기만의
언어를 구축해 나가고 있는 학생들까지 서로가 서로의 시

구석구석을 함께 걸었다. 수업은 그주 주제에 맞는 텍스트를 내가 먼저 소개하고, 의견을 교환하고, 각자의 작품을 합평하는 단순한 순서로 진행되었지만, 셀 수 없이 많은 시선과 공간들이 어지럽고 정확하게 오가던 시간이었다. 수업을 마치고 나면 가상과 현실의 세세한 공간들이 노트북 모니터 아래 더운 빗물처럼 고였다. 작품에 대한 무조건적인 비난과 지적은 없었다. 정답이나 오답을 찬물처럼 제시해 주는 사람도 없었다. 대신 모두가 기쁘게 헤매 보았다. 꼬인 것을 꼬인 대로 둔 채 질문하고 답해 보았다. 12월에 열렸던 수업에서 매주 자정을 넘기면서까지, 하루가 바뀌는 구간마저 함께했다며 신기해하며, 열네 명의 학생들과 그런 것들을 했다.

수업을 통해 다른 빛깔의 꿈과 사랑에 초대되는 것은, 침범해 보는 것은, 시의 상태를 체험해 보는 것은 유일하게 순수한 시간이었고, 이 완벽하게 아름다운 시간들은 시차를 둔 채 나에게 설명할 수 없는 슬픔을 주기도 했다. 다만 슬프거나 가슴 뛰는 수업을 하고 나면 항상 쓰기에도 변화가 생겼다. 시 안에서 풀리지 않았던 단어들의 배열과 질문들을 담담하게 놓아 두고 우선 다른 방향으로 나아가 보는 것에 주저함이 없어졌다는 것. 얼음 동굴 속에서 부유하는 추위와 먼지들, 상처들, 의욕을 앗아가는 깜깜함마저 이전보다

자연스럽게 받아들이게 되었다는 것. 학생들과 읽고 쓰다
보면, 말로는 직접 한 적이 없어 현실로는 가늠할 수 없는
부분까지 이미 만져졌다는 것을 알 수 있었다. 수업은 어쩌면
내 문학 하기의 다른 창구였다. 거칠게 이야기하면, 어느새
읽기나 쓰기와 크게 다르지 않은 지분을 차지하고 있을지
모른다.

    시인이 되기 전, 20대 초반 내내 외부 아카데미 수업을
질리도록 많이 들었을 때, 화이트보드 앞에 서 있던
따뜻하면서도 창백한 얼굴의 시인들을 바라보면서 언젠가
저들처럼 근사한 수업을 하고 싶다고 생각했다. 어떤
식으로든 학생들의 세계에 관여하는 태도의 단호함이,
단호한 유연함이 나에게는 너무도 절실한 빛이었기
때문에, 일시적으로 체험되는 속력의 놀라움이었기 때문애.
나는 그들을, 그 시간들을 동경했고 실망했고 어디를
향하고 있는지도 모를, 터질 것 같은 열망으로 온몸이
차올랐다가 순식간에 시시한 기분이 되기도 했다. 그런
극렬한 감정들이나 아쉬움 역시 여행지 바깥에서부터
배운 것들이다. 정답의 세계로, 원 안으로 모이지 않았던
필수적이고 사소한 어둠들이다. 선생님들은 어떤 마음으로
보드 앞에 섰던 걸까, 학생 때문에 길을 잃었을 때 그들의

눈은 무엇을 보고 그들의 귀는 무엇을 듣고 있었을까. 섞이는 혼란 속에서, 한계와 가능성이 이상한 방식으로 공존하는 곳에서, 도망치지 않고 각자의 문학을 가르쳐 준 모든 선생님들에게 감사한다.

누군가를 가르치기에는 부족한 것들이 많다. 애매한 것들에 대한 확신만을 제외하면 어떤 확신도 없이 허둥대곤 하지만, 경계를 넘어 찾아와 준 많은 사람들에게 빚을 진 채 가르치고 있다. 서툰 나의 세계를 말없이 들여다봐 주셨던 선생님들에게, 그리고 무엇보다 사랑하는 나의 학생들에게. 때로는 정답을 확실하게 말하지 못하는 나의 태도에 용기가 없는 것인가, 철제 그릇 같고 칼 같은 말들도 어떤 순간에는 필요한가 싶기도 하다. 고민하는 사이 반짝이는 움직임을, 소리를 놓쳐 버릴 수도 있고 어느 쪽도 완전하지는 않겠지만, 아직은 내게 감지되는 것들을 믿어 보려고 한다. 분하고 용감한 마음을 가진 학생들을 만나게 된 것이 고맙다. 제각기 다른 각도로 빛나는, 지치지 않고 잠에 빠져드는, 코트 앞에 서는 나의 학생들. 그러다 나의 선생님이 되어 물끄러미 나를 바라보는.

2022년 2월 3일

　　우여곡절 끝에 나온 나의 첫 시집은 가운데가 조금
그을린, 그러나 나머지 부분은 모두 눈부시게 흰 옷을 입게
되었은. 재 같은, 사랑 같은, 눈발에 드리워진 나무나 건물의
그림자 같은. 광활하면서 텅 빈 느낌을 주는 이 표지를 나는
오래 기다려 왔고, 기다렸던 마음이 여태껏 뜨거운 미래
시제로 남은 탓인지, 모든 색의 온도나 감정을 반사하는
빛깔이기 때문인지 책상에 앉아 이것의 모서리나 책등을
만져 보아도 계속해 이 흰 빛을 기다리고 있는 기분이 된다.
책꽂이에 꽂아 두어도 평평한 어딘가에 무심히 올려 두어도,
희고 매끈한 표지를 눈으로 따라갈 때면 가장 차가운 나무나
광물질들의 삶이, 외로운 현재가 느껴진다. 눈밭에 묻혀
이동 방향조차 가늠할 수 없는 빛. 태양, 티나지 않게 그러나

분명하게 찍히는 동식물의 발자국, 뒤따르는 소리없는
어둠들이 마구 엉킨 채 잠들어 있는 것만 같다.

시집 계약에 관한 전화를 받았던 2020년 초. 흰 빛과도
같았던 그날의 새벽이 종종 떠오른다. 쉽사리 잠에 들지
못했던 나는 짧은 일기를 썼다.

> 4시, 5시, 6시, 7시, 8시.
>
> 잠을 심하게 설쳐 한 시간 단위로 깼다.
>
> 어쨌든 지나간 오전을 재구성해 쓰는 것이기에 이런 식으로
> 이야기할 수밖에 없겠지만, 나는 내가 처음 시를 쓸 때부터
> 오랜 시간 기다려온 무언가, 두렵고 아름다운 무언갈 받아들일
> 준비가 된 사람의 자세로 침대 맡에 앉았던 것 같다.
>
> 전화를 받고 마음 속에 바람이 불었다. 웃음이 났다.
>
> 그늘진 언덕에서 잠드는 것처럼 평화롭고 몸이 추웠다.

위는 남아 있는 일기의 일부다. 우습거나 건방지다고
볼 수도 있겠지만, 어디에서도 계약 이야기가 없어 묵묵히
원고만 모으고 있던 시기에도 나는 그리던 첫 시집의
모양이 확고했고, 연락을 준 출판사가 바로 그것을 실현해
줄 곳이었기에 배로 행복하고 놀라고 두려웠던 것 같다.
시집에 묶인 첫 시부터 마지막 시까지, 나는 오로지 흰

기운으로만 가득한 표지를 상상하며 썼다. 다음 행이나
행갈이가 뜻대로 되지 않으면, 개개의 버석거리는 시편들로
무엇을 할 수 있을까 막막해질 때면 아무도 약속해 주지 않은
나만의 표지를 떠올렸다. 순서를 정하거나 부를 나눌 때도
마찬가지였다. 눈에 보이지는 않았지만 흰색이라는 투명한
수수께끼의 열기와 나의 긴 시들은 단단하게 등을 맞대고
있었고, 나 자신조차도 그들을 둘로 나눌 수 없었다. 그리고
사랑처럼 나를 영원히 거느리고 있는 그 사실이 좋았다. 책의
모양 특히 책의 색과 내용은 긴밀하게 연결되어 있고, 그것이
아니면 안 되는 색 역시 어두운 운명처럼 어느정도 결정되어
있으며, 확신을 갖고 이 부름에 응답하는 것이 생각보다 훨씬
중요하다는 믿음에 대해서는 지금도 변함이 없다.

　시집에 관해 논의하기 위해 나갔던 편집자들과의 첫
미팅에서, 나는 이미 염두에 둔 색이 있다고 했다.

　흰색, 저는 흰색으로 할게요.

　처음 구상했던 흰색은, 표지의 원과 네모를 실선으로
처리해 겨울 수영장 도면처럼 비어 있는 하양을 만드는
것이었다. 엉성하고 추워 보이는 버전이지만, 최대한 단순한
선과 면으로 이루어진 흰색을 오래 원해 왔었고 다른 식으로,
특히 명암으로 흰색을 구현할 수 있으리라고는 생각지

못했기 때문에. 전에 쓰던 노트북에는 내가 대강 만들어
보았던 그 표지가 디지털 유물같이 남아 있다.

그림자를 얹힌 입체적인 흰색으로 지금의 시집이 태어날
수 있었던 데에는, 내 소중한 친구이자 동료인 이수희 작가의
공이 크다. 그녀가 없었다면 흰색 시집이 세상에 나오는 것
자체가 불가능했을지 모른다. 원고가 모두 정리되어 제목과
발문이 정해지고 교정도 막바지 상태에 이르렀던 12월, 내가
요청했던 실선의 흰색 시집은 미술부에게 한차례 반려당한
상태였다. 시리즈의 통일성을 고려했을 때 흰 시집이 나온 적
없기도 하고, 실선으로 인쇄되어 서점에 놓일 경우 잘못 나온
책으로 오해받을 수 있다는 이유에서였다. 미술부에서는
하늘색, 진한 하늘색, 비둘기색 세 가지 시안을 보내 주었고,
그것들도 충분히 납득되는 아름다운 색이었지만 나는 이미
흰색이 아닌 내 책을 상상하기 어려웠다. 그래서 미술부에
흰색이어야만 하는 이유가 담긴 세세한 편지를 보냈고,
떨리는 마음으로 답을 기다리던 중이었다.

결국 수희 작가와 함께하는 팟캐스트 녹음이 있던 금요일,
이전부터 내 시집이 진행되어 가는 과정을 관심 있게
들어주고 물어봐 주던 수희 작가에게 이 고민을 털어놓았다.
왜 미술부에서 반대하는지도 알겠네, 웃으며 고개를
끄덕이던 그녀는 곰곰 생각하더니 가방에서 아이패드를

꺼냈다. 한순간 시집과 시집 가운데 검고 흐린 그림자를
그린 수희 작가가 내게 패드를 내밀었다. 연덕, 이 그림자
버전으로 제안해 보는 건 어때요.

　　시집이 나오고 이 책이 정말 희구나 실감했던 순간은,
서명 작업을 위해 산더미처럼 놓여진 시집들 사이로 걸어
들어갔을 때였다. 높이 쌓인 『재와 사랑의 미래』들 사이에
있으니 편집부 세영 씨는 내가 꼭 눈 속에 파묻힌 것
같다고 했다. 눈더미들 사이에 앉아 있는 것 같다고. 그러고
보니 정말 눈 쌓인 아침 거리를 나설 때 눈이 부시듯 눈이
부셨고, 순간 마음이 무척 차분해졌는데도 눈물이 날 것
같았다. 미래의 내가 끊임없이 원하던 멀고 흰 곳에 이렇게
도착했구나. 설명할 수 없는 이상한 확신 속에서 조금씩
내딛었던 곳, 뒹굴고 더럽혀도 더러워지지 않는 무한한 곳에.
서명하다 말고 자꾸 표지를 들여다보게 되었다.
　　손바닥으로 쓸어 보아도 차가운지 따뜻한지 알 수 없는,
살아있는 빛이나 그림자가 내려앉아도 어색하지 않은 색,
거칠고 가볍고 조용한 존재들을 위한 색, 미지의 색, 타고
남은 재와 사랑의 색.
　　몇 달이 빠르게 흘렀고, 첫 시집과 관련해 특별하게
기억에 남는 반응이 있냐는 질문에 나는 인터넷에서 시집

사진들을 발견할 때마다 시선을 멈추게 된다고 했다. 주변의 온도나 색에 취약하고 영향을 많이 받는 책 같다고, 희기 때문에 어떤 배경과 자연광과 조명 아래 있느냐에 따라 완전히 다른 책이 되는 것 같다고, 시집이 놓인 내 책상을 떠나 서서히 멀어지고 잊혀지다가 각자의 자리로 눈송이처럼 착지하는 언어의 상징 같아 좋다고.

글의 서두에, 흰 시집을 실물로 만지게 되었음에도 불구하고 나는 여전히 표지의 흰 빛을 기다리는 기분이라고 썼다. 앞이 보이지 않을 만큼 거대한 눈발을 헤치며 무언가를 위해 계속해 나아가는 사람을, 그의 바보같은 사랑을, 추위를, 타 버린 흰색을 상상하며 만든 나의 첫 책. 할머니가 되어 이 책을 다시 집어 들더라도 책은 또 저만큼 앞에 가 있을 것이다. 어떤 마음이 언어들을 흰 빛으로 이끌었는지 여전히 궁금해할 것이다. 흐린 네모 아래, 겹겹의 눈발 사이로 이해할 수 없는 빛이 흐르고 있을 것이고 그것을 때로는 슬프게 때로는 기쁘게 따라가 볼 것이다.

2022년 2월 22일

오전 11시, 정읍으로 향하는 기차 안. 좌석에 쥐덫처럼
달린 받침대를 내리고 얇은 표지의 노트와 펜을 꺼낸다.
이것들도 자질구레한 짐으로 가득찬 가방에 겨우 끼워
넣은 것. 노트북이 아닌 다른 도구로 일기를 쓰는 일은 거의
없고 이렇게 펜 쥔 손을 움직여 한 자 한 자 적어 내려가는
것도 무척 이례적인 일인데, 언제부턴가 단호하고 가지런한
타자들의 리듬 없이는 생각이나 이미지가 잘 움직이지 않게
되었기 때문이다. 동시적인 수정이 불가능할뿐더러 나조차
예상치 못했던 문장, 그러니까 거칠고 투명하고 이상한
구멍들로 가득한 현무암질의 문장, 중심으로부터 밀려난
누군가가 자유롭게 드나들 수 있는 문장에 닿기까지의
과정을 너무 오랫동안 지켜봐야 하니까. 모든 시도와

실수들이 만들어 낸 지저분한 펜 자국과 계속해 마주해야 하니까. 기차가 덜컹이고 빌딩과 한강 수면이 지나치게 생생한 빛으로 반짝인다. 힘을 잃은 문장들 위로 검은 줄이 여러 개 겹쳐진다. 흔들리는 차창 곁에서 쓰고 있는 이 느리고 어려운 일기가, 책에 실린 일기들 중 펜과 종이를 사용해 쓴 유일한 일기이자 마지막 일기다.

어제는 내 인생에 있어 큰 결정을 내렸다. 이 부드러운 재난이 시간 속에서 온도나 크기나 존재감을 바꿀지는 잘 모르겠다. 하지만 어떤 종류의 여행이든, 평소와 같지 않은 이런 식의 이동이 삶과 삶 사이의 폭발적인 사건들을 꿈처럼 붕 떠 있게 해 주는 것만은 분명하다. 단절이 주는 덜컥임을 놀이기구 위에서의 모험쯤으로 느끼게 하는 것이다. 사건의 열기와 여행의 열기는 집으로 돌아왔을 때 비슷하게 식어 있을 것이고 그것들의 언어와 몸은 여행 가방 옆에서 다행스레 혼동될 것이다. 내가 어렴풋이 감지하고 있는 이 따뜻하고 기만적인 구조 속에서 나의 어제는 덜 상처받을 것이다. 기차 안에서 레일의 속도에 맞추어 과거의 무언갈 흘려보내는 식의 이야기는 억지로 끼워 맞춘 상징 같아 쓰고 싶지 않았는데, 역시 여행은 쓰고자 하지 않았던 것을 쓰게 한다.

기차 테이블로 뜨거운지 차가운지 알 수 없는 빛이 흐르고
이제 잎이 다 떨어진 마른 가지들과 누렇게 변한 덤불들이
보인다.

겨울나무들로 빽빽한 산이 이토록 선명한 감정들로 세워진
것이었다니. 아직 얼어 있는 하천에는 큼지막하게 부서진
얼음들이 앞뒤 없이 떠다닌다. 멀리서도 느껴지는 검고
날카로운 얼음의 단면. 그동안은 기차가 필요 이상 천천히
움직여 좋다고 생각했는데 곧 사라질 풍경들을 기록하려니
갑자기 너무나 빠르게 느껴진다. 옛날 장난감 같이 모여 있는
컨테이너들에 대해 쓰자마자 마지막 컨테이너가 시야에서
사라지고, 색깔이 전부 벗겨진 산에 대한 문장을 한 줄 쓰기도
전에 터널 속에 비친 내가 보인다. 나를 처음 보는 것처럼 나는
나를 물끄러미 건너다본다. 그리고 잠깐 사이 다시 지상에서
반대편 선로로 뛰어나가는 빛.
나에게는 보고 싶은 사람이 있다.

2022년 2월 22일. 200년 뒤 오늘을 제외하면 오늘은
날짜에 2가 제일 많이 들어가는 날. 2222년 2월 22일에도
사람들이 기차를 타고 기차가 생각보다 빠르다고 느끼며
자신의 무언가를 버리거나 회복시키고 있을지 궁금하다.

종이와 펜을 사용해 일기를 쓰고 그 행위가 여전히 옛것으로
여겨져 사람이나 사랑 같은 것은 최대한 피해 적고 싶어
할지 궁금하다. 그도 아니면 기차 테이블 모서리의 그림자를
가만히 바라보며 여행이 주는 마취적인 위로에 대해
의심하고 있을지.

그래도 열정을 다한 일에 후회는 없다.

산과 나무와 언뜻언뜻 보이는 차들을 지나, 포크레인과
그 안의 인부들과 깊이를 알 수 없는 구덩이를 지나, 내가
세상에 조금은 열려 있었고 나다울 수 있던 기간을 지나
정읍으로 향하고 있다. 오늘은 반년 만에 첫 시집으로 낭독회
행사를 하는 날. 와 주시는 분들을 위해 각기 다른 종류의
작은 선물들을 챙겼다. 생각해 둔 목록들 중에 꽃이 있었는데
시들까 봐 아직 사지 못했다. 행사가 있을 책방 근처의
꽃집을 몇 군데 알아 두었고 이것이 내가 최종으로 남겨 둔
가장 생생한 미래처럼 느껴진다.

오후 2시. 저녁 행사 전까지의 여행이 잘 풀리지는
않았다. 오므라이스를 먹으려고 알아봐 두었던 분식집은
문을 닫았고, 1903년에 설립되었다고 해 꼭 들어가 보고
싶었던 천주교 시기동 성당도 닫혀 있었다. 정문과 옆문

모든 문이 닫혀 있었고 입구로 향하는 대문만 열려 있어
앞뜰까지만 겨우 밟아 볼 수 있었는데, 봉헌초도 하나 남아
있지 않아 불도 붙여 보지 못했다. 다만 창문들마다 음각된
스테인드글라스를 곁에서 뚫어져라 바라보며 안에서는
저것들이 어떤 패턴과 감정으로 부딪혀 흐르고 있을까
투과된 빛에 어떤 충만해진 색으로 확장되고 있을까 그려
보았다.

성당에서 사진관까지는 가까웠지만 혼자 들어가
스위치를 눌러 본 그곳 역시 쓸쓸했다. 포토 박스 앞을
오가는 사람은 아무도 없었다. 모르는 사람 집에 잘못
들어간 것처럼, 그런데 그에게 차 한잔과 다과를 대접받은
것처럼 나는 조금 머쓱해진 마음과 자세로 사진을 한 장
남기고 나왔다. 그곳에서부터 조금 걸어 도착한 카페도 가족
사정으로 문을 닫는다고 했다. 커다란 식물과 앉고 싶었던
나무 의자들이 유리문을 통해 들여다보였다. 메모와 함께
문에 붙어 있던 손바닥만 한 종이로 겨울 해가 내리쬐었다.
오늘은 계획대로 되어 가는 것이 없는 피곤하고 한적한
초겨울 여행이로군.

그래도 떠나기 전부터 계획했던 꽃집에서는 빨간
버터플라이를 샀다.

꽃을 품에 안고 택시 안에서 라디오를 들었다. 2022년 2월 22일 오후 2시였다. 남자 진행자와 여자 진행자는 럭키 세븐, 현재 2가 7개라고 난리였다. 180년 뒤가 아니면 그러니까 2202년 2월 22일 오후 2시가 아니면 7개는 절대 될 수 없다고, 우리가 살아선 볼 수 없는 날짜라는 말을 호들갑 떨면서 했다. 여기 있는 그 누구도 그 날짜를 맞지는 못할 거라고.

왜였을까 나는 200년 후만 생각했는데 180년 뒤까지를 섬세하게 생각하곤 웃어 버리는 사람들을 떠올리니 눈물이 났다. 기차에서와 같이 이 기분이 시간 속에서 존재감이나 온도나 크기를 바꿀지는 잘 모르겠다. 마찬가지로 숫자들의 슬프고 신기한 조합을 핑계 삼아 거친 감정을 흘려보내는 식의 이야기를 하고 싶은 것도 아니다. 하지만 요란한 공기와 (보이지 않지만) 표정과 단어들을 동원해 오늘을 기념하려는 진행자들의 목소리를 듣고 있자니, 곧 사라져 버릴 이 시시한 순간에 대해 말해 주고 싶은 사람이 떠올랐다.

오후 9시. 『재와 사랑의 미래』 행사를 마치고, 나를 이곳에 초대해 준 친구와 책방 사장님과 저녁을 먹었다. 시간이 늦어 친구의 집에서 하루 묵고 내일 아침에 떠나기로 했다. 정읍의 교회에서 일하는 친구는 잠깐 봐야 할 일이 있다며 교회

주차장에 차를 세웠다. 창에 머리를 기댄 채 가로 세로가
정확하게 맞물린 십자가를 올려다보니 긴장이 풀렸다. 아무
일도 일어나지 않았지만, 내가 상황에 꼭 들어맞지 않던
아쉬운 순간들 속에서 괜찮아지지도 충분히 실망하지도
못했지만 왜인지 긴 하루였다. 금방 올게요. 밤이었는데도
교회 외관을 한눈에 담을 수 있을 만큼 야외 주차장은 넓고
환했다. 진한 주황색 불빛이 우리 주위를 지친 기분처럼
감쌌다. 살아 있는 세계의 끝에 우리만 남은 것 같은 기분.
그리고 친구가 차 문을 닫고 나서려는 순간이었다. 차창으로
조금씩 눈이 내리기 시작했다. 싸락싸락 쌓이기 시작하던,
매섭고 아주 고운 입자의 눈. 아무 의미도 감정도 없이
와이퍼 위로 부드럽게 곤두박질치던 눈. 한동안 우리는
말없이 그것을 바라보았다.

봄눈이에요, 친구는 말했다. 봄눈은 금방 녹아요, 흔적도
없이요. 새 계절 오기 직전에 내리는 눈이니까.

친구는 정면을 바라보고 있었다.

연덕에게 쉽지 않은 일들이 많았다는 걸 알아요. 그래도
눈은 녹을 거고 연덕은 또 살아갈 거예요. 그리고 눈은
예쁘잖아요.

이 부분은 친구의 집에 와서 다시 노트를 꺼내 옮겨 적어

둔 것이다. 노트북이 아닌 다른 도구로 일기를 쓰는 일은
거의 없고 앞으로도 드문 일이겠지만, 서울로 돌아가 옮겨
보면 어디에 집중한 글인지도 알 수 없게 중구난방이겠지만,
책에 실릴 뒷 순서의 일기를 손으로 쓸 수 있어 기쁘다.
행복의 중심으로부터 미세하게 밀려나 있던 내가, 그리고 내
일기를 읽을 누군가가 자유롭게 드나들 수 있는 차갑고 구멍
난 문장들로 도달하기까지, 그 자세하고 지난한 과정들을
지켜보는 것이 이번 여행에서는 필요했던 것이다.

정읍에서의 낮과 밤, 내가 어떤 것과 직면했으며 어떤
것과 외면하고 있었는지는 시간이 흘러야 알 수 있는
것이겠지. 그래도 식기 직전의 열기와 식어 가는 열기를,
내게 있어 아름다웠던 냉기를 그대로 옮겨 두는 일이 좋았다.

조금씩 약하게 내리긴 했지만 친구의 집까지 오는 내내
눈은 멈추지 않았다. 2022년 2월 22일의, 180년 뒤에야 만날
수 있을 '2가 7번 있는 날'의 눈은 그랬다. 우리가 한밤의
도로에서 별다른 이야기를 나누었던 것 같지는 않다. 다만
나는 오늘 눈에도 소리가 있다는 것을, 그것을 듣는 일이
그렇게 나쁘지 않다는 것을 알았다.

2022년 3월 19일

　일어나자마자 온 집 안에 엄마가 만든 딸기 콩포트 냄새가
난다. 아침부터 딸기를 졸여 여덟 개의 유리병에 나누어
담았다고 한다. 물컹해진 딸기들이 유리병 겉면에 얼굴을
붙인 채 조금씩 차가워지고 있다. 거실이 어두워 설탕으로
뭉쳐진 딸기들 사이사이가 꼭 겨울 협곡처럼 보인다.
　유리창을 여니 찬바람이 훅 끼쳐 들어온다. 이번 주 들어
패딩이나 코트를 벗고 가벼운 점퍼를 입고 다녔는데 새벽
내 눈이 내렸다. 이렇게 따뜻하고 무거운 3월 눈이라니.
정읍에서 맞았던 2월의 눈이 마지막일 줄 알았는데 아마 이
눈이 상반기 마지막 눈이 아닐까 싶다.

　멀리 보이는 흰 산이 좋아 거실 창 앞을 서성이다

넷플릭스를 켠다. 요즘엔 미국 예능 「도전 ! 용암 위를 건너라」에 빠져 지낸다. 장애물 경기나 고난도 클라이밍과 비슷하고 세 사람이 한 팀이 되어 움직이는 서바이벌 예능이다. 방에는 가짜 용암이 깔려 있는데, 그 위에 징검다리처럼 설치된 각종 가구와 소품들, 조각상들을 딛고 실수 없이 출구까지 나가면 우승하는 방식이다. 출전 팀은 가족부터 친구들, 동료 교사와 목사들까지 다양하고 최대한 많은 팀원이 탈출에 빠르게 성공할수록 우승 확률은 높아진다.(체력만큼 전략도 중요해 건장한 남성들로 이루어진 팀이 아닌 어머니와 아이들로 구성된 팀이 우승한 적도 있다.)

상금으로는 1만 달러와 함께 29달러짜리 용암 장식물을 준다. LED 용암이 길고 투명한 케이스 안에서 반짝이며 솟구치는 장식물. 1만 달러도 1만 달러지만, 나는 온갖 고난과 역경을 이겨 낸 우승팀이 싸구려 용암 장식물을 든 채 소리 지르며 껴안는 장면을 보는 것을 좋아한다.

나 역시 가짜 용암을 건너가며 사는 것 같다. 29달러짜리 장식물을 얻기 위해, 정확히 그것의 반짝임으로 나와 내 친구들의 궤적을 추억하고 위로하고 기념하기 위해 사는 것 같다. 플라스틱 케이스 안에서 세차게 움직이는 붉은 삶을 보기 위해, 가슴 뛰는 차분함으로 신기하다고 말해 보기 위해.

삶은 때때로 방 탈출을 위해 말도 안 되는 용기를
요구한다. 진짜 용암이 아니라는 것을 알면서도 두려움에
떨게 한다. 매달리기나 도약을 주저하게 한다. 그럼에도
세상은 나를 등 떠밀어 뛰게 하고 그러다 내 의지가 아닌
채로 정말 용암에 빠지기도 한다. 진짜는 아니지만 꽤 뜨거워
깜짝 놀랄 만한 용암에.

3월에도 멈추지 않고 내리는 눈을 본다.
유리병에서 온몸으로 짓이겨지고 있는 달콤한 협곡들을
본다. 이른 아침의 빛이 늘 조금 섞여 있는 어둠. 나와 한 팀이
되어 준 사람들이 있었기에 모든 일기들을 쓸 수 있었다.
어디에도 담길 수 없을 것 같은, 쏟아져 나 자신도 젖게
하는 액체 상태로도 사랑할 수 있었다.

매일과
영원

액체 상태의 사랑

김연덕 에세이

1판 1쇄 찍음 2022년 4월 18일
1판 1쇄 펴냄 2022년 4월 25일

지은이   김연덕
발행인   박근섭·박상준
펴낸곳   (주)민음사

출판등록 1966. 5. 19. 제16-490호
주소   서울시 강남구 도산대로1길 62(신사동)
        강남출판문화센터 5층(06027)
대표전화 02-515-2000 | 팩시밀리 02-515-2007
홈페이지 www.minumsa.com

ⓒ김연덕, 2022. Printed in Seoul, Korea

ISBN 978-89-374-1949-2 (04810)
ISBN 978-89-374-1940-9 (세트)

* 잘못 만들어진 책은 구입처에서 교환해 드립니다.